www.einaudi.it

ISBN 978-88-06-26560-1

Paola Mastrocola

Il dio del fuoco

Einaudi

*Solo ciò che non vediamo
è degno di essere raccontato*

Il dio del fuoco

Parte prima

Gli abissi

1.

Il Sole si volta, manda lo sguardo di lato perché qualcosa lo ha attratto, un movimento, un passaggio in cielo, veloce e rettilineo verso il basso, che non riesce a ricondurre a nulla di noto. Cos'è? Il Sole è lontano, non mette bene a fuoco. È qualcosa che vola, ma nessun volatile potrebbe volare a quell'altezza. Foglia, o piuma? Non è cosí piccolo e leggero, prende velocità e segue una linea perfettamente verticale. Mai una scossa, un ondeggiamento.

A ben guardare cade, non vola. Precipita. Attraversa l'ampiezza del cielo precipitando, come può fare solo una pietra. Ma non è una pietra. Ha una morbidezza, una complessità, che la pietra non possiede.

Elios, il Sole che tutto vede, ferma l'occhio su quella cosa che non ha mai visto. Ma può concedersi solo un attimo di sosta, poi deve completare il suo arco. Non si sofferma mai, il Sole, trascorre in fretta sulle mille cose del mondo, e a ognuna elargisce i suoi raggi.

Anche Atlante intercetta l'oggetto misterioso che cade, e prova a non perderlo di vista. È il titano punito, colui che insieme ai suoi fratelli mosse guerra a Zeus: venne sconfitto, e condannato a reggere sulle spalle il cielo Ora cerca di spostare lo sguardo il piú possibile, ma ha dei limiti. Se si volta troppo, rischia di mollare la presa. Se il cielo deve restare in alto, lui non si può distrarre.

Suo nipote è il dio messaggero, il dio alato che può volare e in un attimo raggiunge le terre piú lontane. Incrocia anche lui l'oggetto che vola, e anche lui non sa. È notte.

Ermes, che di notte sfida il buio per accompagnare le anime nell'Aldilà, segue per un breve tratto l'oggetto che sembra volare e invece cade. Precipita, è chiaro che precipita. Gli s'avvicina e vede che si muove, si agita, cambia posizione e a volte si capovolge. Ma è troppo piccolo, minuscolo, un pulviscolo di niente, solo un punto. E un punto è troppo poco per il dio veloce. Non ha il tempo di fermarsi, nemmeno lui. Aereo, volubile e frettoloso, Ermes non è libero, esegue ordini. Una spinta misteriosa lo guida. Cosí vola dove gli è stato detto di volare, voltando le spalle.

Gli dèi non sempre si accorgono di ciò che accade. Guardano altro, pensano ad altro. Si lasciano distrarre. Credono che il mondo sia immenso e, siccome son convinti di averlo creato, si beano di quella immensità. Cosí anch'essi si smarriscono. Non capiscono, sbagliano, si confondono. E ogni tanto si perdono qualcosa, che forse era importante.

Rinasce il giorno e ritorna la notte, piú volte. Quella caduta ha una durata che non finisce, come volesse mimare il movimento delle cose eterne. Quel punto che è solo un punto continua a cadere.

Ora anche gli uomini delle montagne lo vedono, e poi quelli delle pianure. Ma gli uomini sono solo uomini, creati dagli dèi perché agli dèi la Terra sembrava vuota, e lasciarla deserta un'occasione sprecata. Hanno una vita troppo breve per capire. Il loro sguardo imperfetto arriva dove può, e con quello sguardo lo seguono finché sparisce oltre l'orizzonte e precipita in mare.

Il mare è il regno di Poseidone. Nel sorteggio del mondo, a Zeus era toccato il cielo e a Ade l'invisibile regno dei Morti, che si apre nelle viscere della Terra dove non è mai giorno.

Quando quella cosa cade dal cielo, Ade non può vederla perché lui è il re dell'oscurità. È Zeus il re del cielo, è lui che può tutto, che avrebbe potuto vedere e capire. Ma in quel momento è altrove, impegnato, perso a inseguire i suoi amori.

Poseidone invece la vede, quella cosa. Sta guidando il carro a pelo d'acqua e si diverte a sollevare le onde. È un dio impetuoso e capriccioso. Ma ora i cavalli blu hanno un fremito, nitriscono e sollevano le zampe anteriori davanti al tuffo che li spaventa. Perdono la direzione.

Poseidone li riporta al suo comando, e inabissa il carro per seguire l'oggetto che ora non precipita, sprofonda. La sua velocità si attenua sempre piú, nell'acqua, ma la linea che percorre è ancora verticale. Il dio lo segue, perché il piacere della curiosità non s'interrompa. Poi però si distrae. Come al solito. Non dura mai tanto in un pensiero il dio giocoso e terribile del mare. Adesso gli viene il guizzo di far burrasca, incita i cavalli che s'impennano al galoppo verso il cielo e lasciano dietro di sé onde gigantesche: ne nasce una di quelle tempeste estreme che sfiancano le navi ma negli abissi non arrivano. Il mare profondo non conosce gli sconquassi che turbano il mare della superficie.

Per nove giorni e nove notti, prima nel cielo e poi nel mare, l'oggetto cade e sprofonda: la sua discesa è divisa in due parti uguali, per metà d'aria, per metà d'acqua.

L'ultimo tratto è lieve, lo scortano gli esseri marini dei fondali, gli fluttuano attorno le alghe, conchiglie giganti spalancano e richiudono le valve al ritmo del loro stupore.

Poi il viaggio, se di viaggio si tratta, finisce. Quel che cadeva smette di cadere e si deposita sul fondo.

Una sottile nube di sabbia impolvera l'abisso. Cavallucci, calamari, seppie, mitili neroazzurri, anemoni di mare e pesci dai barbigli luminescenti gli si affollano intorno.

Nessuno ha visto. Nessuno sa. Nessuno degli dèi che abitano il maestoso cielo, nessuno degli uomini che vagano sulla nuda terra, nessuno degli animali che popolano il vasto e misterioso mare. Difficile esser pronti a capire quello che nella storia del Cosmo non è mai successo.

L'aria si ricompone, il mare torna intatto. E cosí è. Come se nulla fosse stato.

2.

Teti passeggiava sulla sabbia dei fondali. Si guardava intorno distraendo il tempo, che per gli dèi non scorre, e ogni tanto accennava un passo di danza, o coglieva un'infiorescenza bizzarra e la lasciava andare, per vederla volteggiare in acqua e subito posarsi sul fondo. Agli eterni piace quel che non dura, lo spazio di un breve volo.

Viveva negli abissi, in una grotta dorata insieme alla dea Eurinome. Piú lontano c'era il palazzo di suo padre Nereo, che tutti chiamano il Vecchio del mare perché ha governato il mare prima che Poseidone lo spodestasse.

Teti è una delle cinquanta figlie di Nereo. È la piú bella delle Nereidi, ma non vuole unirsi con nessuno, nemmeno con Zeus o Poseidone. Entrambi la desiderano. La blandiscono con parole e doni, e piú volte l'hanno insidiata. Lei però possiede un'arte potente, che ha ereditato dal padre: l'arte di trasformarsi, di rendersi imprendibile. Quando è in pericolo, cambia forma. Per non diventare preda, lascia la sua bellezza. Si fa momentaneamente belva feroce o mostro spaventoso, e l'incubo di cedere alla violenza di un amante si allontana.

Passeggiava. E a un certo punto si ritrovò davanti ai piedi qualcosa, che non era pesce o medusa o alga: era un corpicino nudo, quasi inerte, gli occhi spalancati. Mancò poco che lo calpestasse. Un bambino adagiato sul fondo del mare.

Lo prese con sé, senza esitare, portandolo tra le braccia. Camminando veloce verso casa, solo allora, si chiese chi poteva essere, chi lo avesse portato lí, di chi fosse figlio.

Ma sapere non era necessario, anzi, avrebbe frenato la spontaneità del gesto, che non era una decisione ma un istinto, un impeto senza ragione. Se quel bambino era sui suoi passi, voleva dire che stava dentro il suo destino, tanto bastava. Anche gli dèi hanno un destino, una linea disegnata in aria che non vedono ma sanno – non c'è scampo – di dover seguire.

Eurinome stava cantando, quando Teti varcò la soglia della grotta dove abitavano insieme. Un velo le circondava il corpo, variegato di tutte le possibili sfumature del blu. È alta, possente, e la sua voce si sparge per gli anfratti sottomarini, viaggia per gallerie e cunicoli, s'inabissa nelle vallate piú inaccessibili e soffia tra le piante algose. La sua è la voce della figlia del dio Oceano, la musica del mare.

Quando vide Teti con il bambino in braccio, interruppe il canto e, senza chiedere nulla, si chinò a guardarlo.

– È deforme.

– È vivo, – sorrise Teti.

Sorrise anche Eurinome:

– È un dio. Lo vedi anche tu che è un dio.

Il bambino squarciò il silenzio degli abissi con un pianto disperato, Teti lo distrasse con un ramo di corallo. È vero, soltanto un dio avrebbe potuto attraversare migliaia di metri d'acqua e depositarsi sul fondale. Nessun altro essere vivente che non fosse pesce avrebbe potuto, e lui non era pesce, respirava normalmente. Come un dio sottomarino.

– Sí, di certo è un dio, – rispose Teti, – ma noi non possiamo saperlo, possiamo solo intuirlo. E le intuizioni non sono verità: sono segreti. Quindi non lo diremo a nessuno, e questo bambino – dio o non dio – semplicemente non esisterà.

Le due dee erano d'accordo: quel bambino era un dono. Lo chiamarono Efesto, colui che rischiara il giorno. Che portasse con sé buona sorte o sventura contava poco, a loro era stato dato e per loro era la luce. Veniva dalla notte, perché nulla si sapeva delle sue origini, avvolte in una nebbia che era impossibile diradare. Ma la notte, fin dalle origini del mondo, non è che una parte del giorno: si tratta solo di conoscere il confine.

Eurinome conosce bene il valore del confine. È figlia dell'Oceano, uno dei Titani generati da Urano e Gea, il dio fiume circolare, l'anello d'acqua che racchiude la Terra: è lui il termine che divide e unisce le due parti del mondo. Lui che accoglie ogni sera a ovest il carro del Sole e di notte lo trasporta a est per farlo ripartire all'alba; lui che ospita le anime dei morti sulle sue rive, dove i vivi tentano di incontrarle. Per questo, perché è sua figlia, Eurinome accoglie il bambino trovato da Teti: perché sa che ogni nascita è sfidare i confini.

Qualunque fosse la sua storia, le due dee non ci pensarono neanche un momento, di abbandonarlo al suo destino. Lo allevarono come un figlio, segretamente, per nove anni, nella grotta sottomarina. Erano loro, il suo destino.

3.

Andavano spesso alle feste nel palazzo di Poseidone e ai banchetti sull'Olimpo, le due ninfe sottomarine. Viaggiavano tra le onde, passeggiavano sulle spiagge insieme al corteo dei Tritoni e delle sirene, di tanto in tanto si concedevano cavalcate sul dorso dei delfini e facevano visita ai loro padri: al dio Oceano e ai suoi tremila figli Fiumi e alle sue tremila figlie Oceanine, e a Nereo, il Vecchio del mare, nella sua dimora sfarzosa. Ma non dissero mai nulla a nessuno del bambino che tenevano con sé. Non pensavano che fosse un segreto inviolabile, ma volevano che quella storia fosse soltanto loro. Divulgarla sarebbe stato sminuirla, in qualche modo perderla.

Se avessero chiesto in giro, sarebbe stato facile sapere tutto di lui in un istante. Bastava fare due chiacchiere con Ermes, che porta messaggi per il mondo, o con Iride vestita dalle iridescenti gocce di rugiada, o interrogare la Fama, mostro alato che vede tutto perché sotto le piume delle ali nasconde mille occhi, e per ascoltare ha mille orecchie e per parlare un'infinità di bocche, con cui diffonde ai quattro venti quel che viene a sapere. Oppure potevano rivolgersi al vecchio Nereo, maestro della verità, e domandargli chi era quel bambino. Lui gliel'avrebbe detto, e per questo Teti non glielo chiese. Quello era il dono: non sapere chi fosse, come fosse nato e da chi, non capire se ci fosse una ragione per cui lo avevano trovato, ma vederlo ogni giorno come un mistero.

Gli anni non sono anni, nel mondo degli dèi. Noi li contiamo osservando quante volte le stesse stelle compaiono nello stesso angolo di cielo, per loro invece non esistono.

Quindi, senza che gli anni passassero, successe che Efesto cominciò presto a camminare, e troppo presto si accorse che non ci riusciva.

Cadeva, inciampava. Però non desisteva, aveva ideato un suo modo, cercava sponde e calcolava il percorso piú breve tra un appiglio e l'altro. A volte, invece di camminare, si lasciava portare dalle correnti sottomarine: in quei momenti dimenticava lo sbaglio dei suoi piedi e per un po' era spensierato. Giocava con i pesci lanterna e i pesci lumaca dalla bava fluorescente, parlava con le conchiglie, inseguiva la danza delle meduse, si aggrappava alla coda di un pesce rana, al tentacolo di un calamaro gigante.

Gli piacevano soprattutto i granchi e i polpi. Stava ore a guardare come i granchi muovevano le chele, con quale perizia le usavano per spostarsi e per afferrare qualcosa, e si deliziava al rumore quasi metallico di quando le serravano sulla preda di turno. Davanti alle tane dei polpi si fermava ad aspettare, a volte non sbucava niente, a volte invece spuntava un tentacolo. Il polpo usciva allo scoperto senza paura eppure timido, guardingo, lo scrutava con i suoi grandi occhi tondi, e sembrava che con le ventose lo invitasse a un abbraccio.

Ma durava poco, poi Efesto ripiombava nel suo buio. Era scuro in volto, lo sguardo torvo, offuscato. Parlava di rado. Viveva chiuso in sé, come l'animale dentro le valve. E di notte si agitava. Eurinome e Teti intuivano che dentro aveva una ferita, ma non sapevano quale.

Faceva sempre lo stesso incubo: sognava di cadere.

Cado. Tutto intorno è immenso, senza confini, senza colori, e io sono troppo piccolo, ho freddo, qualcosa di affilato mi taglia la pelle, la brucia, eppure ho sempre freddo, il gelo che mi brucia, cado a una velocità insopportabile, è questa velocità che mi spaventa, non la governo, muovo le braccia ma non sono ali, le gambe non poggiano su niente, mi giro, a volte mi capovolgo, a volte cado di piedi, poi mi prende un vortice, mi solleva in alto e mi fa ripiombare in basso, poi c'è qualcosa che mi sorregge, immobile, si direbbe che sto planando, non lo so, non so niente, sono una cosa, sto fermo come se qualcuno mi avesse appeso alle pareti del cielo... Non respiro, madre... Non riesco a prendere l'aria, vado troppo veloce, soffoco, annaspo, divento freccia, sasso lanciato da un'altezza che non capisco, cado come un peso morto, sono morto, mi sveglio che sono freddo immobile, una pietra, Teti, Eurinome, cos'è, cos'è questo sogno che m'insegue e non mi dà pace, cosa ho fatto di male, chi mi fa cadere, perché?

Cresceva. Senza che gli anni passassero, cresceva. Era un bambino sempre piú solo e viveva perlopiú seduto. Si rintanava nelle grotte, esplorava con gli occhi il buio che, come si sa, non è mai buio. Conosceva tutte le forme delle rocce e dei coralli, tutte le sfumature del blu e i giochi di colore dell'acqua. Si riempiva lo sguardo, di quel blu.

Le Oceanine, le potenti dee delle acque figlie di Oceano e sorelle di Eurinome, gli fluttuavano attorno a centinaia e si sedevano accanto a lui, vicino agli scogli che trovava a fargli da sgabello, e lo divertivano con i loro canti. A Efesto piacevano, con quegli abiti ondeggianti che sembravano fatti d'acqua: le chiamava le fanciulle blu. In realtà i loro abiti erano bianchi, trasparenti, ma lui le vedeva in acqua, dove i riflessi tinteggiavano tutto del colore del mare. Non le vedeva quando lasciavano il mare e andavano, cosí vestite, alle feste sulla terra. Lo invitavano a seguirle, ma Efesto faceva di no col capo e le lasciava andare.

Era un ragazzino inquieto, come se non volesse niente eppure niente gli bastasse, come se cercasse sempre qualcosa là in fondo agli abissi e fosse sicuro di trovarla, prima o poi. Era quella sua certezza silenziosa che lo spingeva nel suo vagare zoppicante e sofferente. Quando tornava a casa dai suoi giri, nell'immensa grotta dorata dove viveva con Teti e Eurinome e che lui chiamava casa, era come assente, spaventato ma allo stesso tempo piú temerario: era chiaro che il giorno dopo sarebbe andato ancora piú lontano. Cosí faceva, camminando come gli era possibile, e scendendo. Voleva trovare le grotte che stavano piú in basso, sfidava gli abissi del mare quasi si fosse imposto di arrivare al centro della Terra.

Teti a volte lo seguiva. Lo amava molto, quel ragazzo dalla vita storta, voleva carpire un pezzo del suo segreto per aiutarlo.

Un giorno, da una di quelle grotte profonde dove se ne stava chiuso, vide uscire dei bagliori. Strane lingue di un colore rossastro e luminoso, dissonanti nel blu del mondo sottomarino. Era stupita e confusa, ci tornò i giorni seguenti e no, non si era sbagliata, ritrovò gli stessi bagliori. Ma una specie di timidezza la bloccava: non riusciva a entrare, si fermava sulla soglia, in attesa che qualcosa di piú chiaro le si rivelasse. A volte lo chiamava, ma lui non rispondeva, e non compariva mai. Era come se non la sentisse, come fosse preso da un incanto – o da un maleficio – che lo teneva prigioniero.

Teti non capiva. Aveva paura di scoprire qualcosa di terribile, ma intuiva che la vita di Efesto stava cambiando per sempre. Ne parlò con Eurinome, le chiese consiglio.

Lei, che era piú saggia, rimase calma e si mise a pensare. Poi rispose a una domanda che Teti non aveva espresso:

– Chiaro, ha trovato il fuoco.

– Quale fuoco? Gliel'hai dato tu il fuoco?

Non era stata Eurinome, non c'era bisogno che qualcuno glielo donasse. Il fuoco è ovunque, fa parte della terra, e ogni cosa che vive ha dentro il fuoco, compreso il mare.

Passò un lungo tempo. Quando finalmente Efesto uscí dalla grotta, videro che era coperto di sudore e la sua pelle era diventata nera. Ma i suoi occhi brillavano di una luce che non gli avevano mai visto. La sua ricerca era finita.

– Madri, ho trovato il fuoco!

Le chiamò cosí: madri. Era la prima volta.

4.

Eurinome e Teti avevano un bel dirgli che abitava negli abissi dell'Oceano e gli abissi sono acqua e l'acqua non si accorda col fuoco. Glielo ripetevano, ma sapevano che non era vero: acqua e fuoco convivono da sempre. E lui voleva il fuoco, lo avrebbe trovato anche sul bordo delle nuvole, ne aveva bisogno come l'aria. Ci misero poco, le sue madri, a capire che Efesto il fuoco lo aveva dentro, che il fuoco era il suo destino.

Una sera arrivò con un dono. Aveva forgiato due collane in oro, con un ciondolo diverso per ognuna: a Teti diede la collana con un granchio che teneva tra le chele un pesciolino d'oro; a Eurinome diede il polpo, che occhieggiava dall'interno di una cavernetta argentata.

– Sono io, – disse alle due dee, che non capivano. – Sono io il polpo e sono io il granchio. Cosí avrete entrambe una forma di me...

E scoppiò a ridere. Aveva risate improvvise ed esagerate, che subito si spegnevano. Sembravano piuttosto l'esplosione di una rabbia.

Teti e Eurinome accolsero quelle collane come si accoglie un mistero: senza voler sapere, quindi senza chiedere. Come aveva fatto? Da chi aveva imparato l'arte? Dove scovava l'oro? Non sempre è bene che le domande trovino risposta.

Quel che le intristiva era vederlo solo, chiuso nella grotta a lavorare il suo fuoco. Era difficile da accettare, perché scambiavano quella solitudine per infelicità. Lo esortavano a distrarsi, a seguirle nei loro giri sottomarini, invitavano inutilmente ninfe e sirene perché lo intrattenessero, lo portassero a far festa. Niente. Vinceva sempre il fuoco.

Solo una volta Teti lo convinse. Fu quando gli parlò di suo padre Nereo. Gli disse che viveva in un palazzo splendente con la sua consorte e le loro figlie, ed era un dio potentissimo, che riusciva a trasformarsi in tutto quel che voleva: poteva assumere qualsiasi forma, perché tutte le forme del mondo erano ai suoi piedi. Non gli rivelò il motivo per cui suo padre si trasformava, in quali occasioni decideva di farlo, ma gli raccontò che una volta s'era trasformato in elefante, e cercava di correre senza riuscirci, e tutti erano spaventati ma anche molto divertiti. Non gli rivelò nemmeno che anche lei possedeva quel potere, non voleva spaventarlo. Un figlio ha bisogno che sua madre non muti, che sia una roccia solida cui aggrapparsi.

Efesto accettò di andare a conoscere Nereo. Il dio lo accolse con grandi premure e fu molto affettuoso. Ma lanciava a sua figlia Teti occhiate piene di preoccupazione, come se sapesse cose che avrebbe voluto dirle, ma che sarebbero state terribili da ascoltare. Teti però non gli fece domande, cosí lui fu costretto a tacere. E per divertire il povero fanciullo deforme si trasformò piú volte: davanti ai suoi occhi sorpresi assunse la forma di lucertola, e poi di scoiattolo fulvo, e di elegante airone, e vigoroso toro.

Efesto tornò a casa turbato. Se ne stava in silenzio, pensieroso.

– Mio padre non ti è piaciuto? – gli chiese Teti.

– Tutt'altro. Sono pieno di ammirazione per lui. È solo che vorrei essere anch'io capace di trasformarmi... Non sai quanto sarei felice di lasciare questa mia forma e prenderne un'altra...

Teti s'intristí. Forse non avrebbe dovuto parlargli di suo padre e della sua virtú metamorfica, né portarlo da lui.

– Non ti preoccupare, madre: non posso trasformarmi, d'accordo, ma so creare tutte le forme che voglio. Cosí sarò balena e squalo, nuvola e sole, cavalluccio, corallo e conchiglia, albero, pianura, mare... Sarò quello che le mie mani saranno capaci di forgiare.

Le due ninfe lo osservavano di nascosto. Si affacciavano sulla soglia della sua grotta e lo vedevano seduto, di spalle, coperto da un mantello scuro, circondato dalle fiamme. Teti ci passava i giorni, a guardarlo. Una volta tornò di corsa da Eurinome:

– Gli ho detto che ero incantata dalle faville che sprigiona il suo fuoco, e sai cosa mi ha risposto? Sono le stelle.

– Be', poetico.

– Sí, ma non le ha mai viste, le stelle.

– Chi te lo dice?

Quel ragazzo era un mistero. Viveva cosí, seduto, a battere sul metallo come una furia, come se solo in quel modo sfogasse una rabbia, o un dolore, che nessuno conosceva, nemmeno lui. Ma sembrava in pace. Tutto il giorno coperto di fuliggine, la pelle semibruciata, gli occhi arrossati e lacrimanti, eppure non era mai stanco. Aveva un'energia che non si spegneva. Zoppicava, e il suo passo era una fatica che metteva pena, ma aveva nel corpo e nelle braccia una forza inesauribile, che sfogava contorcendo metalli ardenti.

Per nove anni rimase chiuso nella sua fucina.

E quella chiusura gli serví. Non sempre è un bene aprirsi alle mille e distraenti cose del mondo, non se ci è stato dato un compito. Allora è utile rimanere fermi, e coltivare il proprio talento, come una pianta che se ne sta ben salda sulle sue radici.

Riempiva di gioielli le due ninfe che si prendevano cura di lui: anelli, collane, fibbie, diademi e spille dov'erano raffigurati pesci, sirene danzanti, serpenti d'oro. E poi sempre granchi e polpi dagli occhi enormi.

Ma non imitava solo ciò che vedeva negli abissi, no: si mise a forgiare anche aquile, fiori e alberi, isole, cascate, cavalli... Le due ninfe non sapevano spiegarselo, che fosse capace di raffigurare le cose del mondo che non aveva mai visto.

5.

Un giorno Efesto venne fuori di corsa dalla fucina. Era eccitato, euforico. Per un certo tempo non riuscí ad aprir bocca, ma quel che aveva visto lo riempiva cosí tanto che dovette farlo uscire in parole:

– Ho visto animali enormi che mandavano fumo dalla bocca, e scalpitavano, e alzavano tutta la polvere del fondale. Ma non erano pesci! Avevano quattro tentacoli strani, ma niente scaglie e niente pinne...

Le dee sorrisero: – Hai visto i cavalli blu di Poseidone, Efesto, che trainano il suo carro negli abissi. E i cavalli hanno le zampe, non i tentacoli.

– Poi s'è affacciato un volto barbuto cosí grande che ha riempito l'entrata della fucina, e s'è fatto tutto buio, e poi due occhi enormi che volevano guardarmi...

– Era Poseidone, Efesto: hai visto il dio del mare.

– Ma quegli occhi che volevano guardarmi non ci riuscivano, erano vuoti... Erano due buchi immensi, e dentro non avevano niente... Gli dèi hanno gli occhi fatti di niente?

– Gli dèi hanno occhi che è difficile sostenere.

– E poi è andato via, chiunque fosse ha preso il volo nell'acqua, senza ali ma volava, lo giuro, e io sono uscito, e lui saliva, saliva, diventava lontano... E poi non l'ho visto piú!

Il giorno dopo Efesto si era calmato. Si presentò alle due ninfe e disse:

– Devo andare a vedere il mare.

– Ma tu ci vivi, nel mare.

– Voglio vedere dove finisce.

Aveva capito che il mare ha una profondità, e che la profondità è una strada che si può percorrere.

Accanto a sé non volle nessuno, nemmeno le belle Oceanine. Non lasciava la sua grotta per far parte dei loro multiformi cortei, o peggio ancora per andare alle loro feste fatte di veli danzanti, ma per vagare da solo e trovare terre deserte come lui.

Seguí il nuoto di un delfino e percorse la strada che conduce fuori dall'acqua. Imparò l'arte di emergere. Appena fuori, per prima cosa provò la sensazione dell'aria. Era come un ricordo affondato. L'aria che taglia la pelle, che entra nel respiro: gli risvegliava qualcosa che non sapeva dire cosa fosse.

E scoprí che c'era un altro mare. Non le acque profonde che non hanno movimento, ma un mare azzurro che arriva chissà da dove, plana sulla terra e lí finisce. Scoprí le onde. Ogni tanto lo aveva sentito, un rumore ritmico e sordo, quando nuotava sui fondali meno profondi. Ma non sapeva che rumore fosse.

Si perse a guardare come le onde si susseguono, nessuna uguale all'altra, come sembra che spostino in avanti il mare e invece il mare è sempre allo stesso posto, e la spuma, il mare che a riva si fa bianco e subito la sabbia lo assorbe, e come può non sparire il mare, se la sabbia lo assorbe di continuo? Il mistero delle onde travalica persino l'immaginazione di un dio.

Scoprí anche la terra. L'odore delle zolle, gli alberi che mandano i rami in alto per chiamare il cielo; e poi una cosa che non poteva prevedere: di avere un peso, sulla terra. Conobbe la fatica di camminare senza il sollievo d'essere sostenuto dall'acqua, e lo sbaglio dei suoi piedi deformi lo colpí come una luce improvvisa, accecante. Sulla terra si scoprí zoppo.

Ma non importava. Da quel giorno ogni tanto lasciava la sua grotta per raggiungere l'aria. Non lo diceva alle sue madri, si eclissava e basta. Quelle erano le sue fughe. Teti e Eurinome lo pensavano immerso nel suo lavoro, i soliti bagliori rossi che uscivano dalla fucina, il battere continuo e sordo sull'incudine che rimbombava per le caverne, e invece lui era altrove.

Non era mai lo stesso mare, emergeva ogni volta in un posto diverso. Peregrinava. Non trovava pace in nessun posto, perché nessun posto era il suo. Era come tirato da una nostalgia, il dolore di tornare verso qualcosa che aveva avuto e poi chissà come aveva perso.

Non faceva niente, sulle spiagge dove emergeva. Girava un po' sulla battigia, trovava una pietra comoda e si sedeva, stava seduto fino a che il Sole non aveva completato il suo corso. Guardava il mare. Ecco, tutto lí. Gli sembrava di capire che nello spazio di un'onda c'è ogni volta lo spettacolo di che cos'è la vita: tutto si gonfia e tutto si frange in nulla.

Alle due ninfe non raccontava niente di quel che vedeva, però i gioielli che fabbricava per offrirglieli in dono, arricchendosi di nuove forme, parlavano per lui.

Quando la luce bordava di rosso l'orizzonte, si tuffava e raggiungeva il suo abisso. Ritrovava il fuoco, e i suoi strumenti. Tornava a casa. Nel fondo. Al riparo. Sulla terra si sentiva piú solo, escluso, come se qualcuno lo avesse allontanato da un regno. In esilio. Avrebbe detto che si sentiva in esilio, se avesse conosciuto la parola, e se avesse saputo quel che lui era: un artista. Un artista è sempre in esilio, ma non saprebbe dire se è in esilio dalla vita quando se ne sta chiuso nella sua solitudine a creare, o se è in esilio dall'arte quando esce e si concede alle bellezze del mondo.

Nella sua fucina, Efesto trovava pace. Quando stava lí dentro, nulla di ciò che succedeva in superficie lo riguardava. Non esisteva altro che il suo gesto, il braccio che batte sul metallo fuso e la forma che ne esce, perfetta.

Solo la notte rimaneva un buio che non sapeva addomesticare: Cado, continuo a cadere e la mia caduta non ha tregua. Attraverso i cieli e le acque, non ho ali e non vedo appigli, ho solo voce. Grido, ma non c'è nessuno che mi senta.

6.

Il ragazzo viene verso di me. Zoppica. Poggia su gambe che non sono le sue, cosí mi sembra da lontano. Ascolto. Un clangore di metallo a ogni passo.

Il mare a quest'ora è incolore come la sera, quindi volto le spalle all'acqua e mi metto ad aspettarlo, valuto quanto gli ci vuole ad avvicinarsi. Fino a che non me lo trovo davanti.

Io non mi muovo, rimango seduto. Lui è in piedi davanti a me, ma i suoi occhi sono all'altezza dei miei. Se mi alzassi sovrasterei il suo corpo come una montagna. Non dice niente, e io neppure. Si allontana di qualche metro e si siede su una pietra. Lo fa con uno sforzo che non cerca di nascondere. Le gambe non sono le sue. Sono un ferro che si piega a fatica e fa rumore: schinieri, che però non si fermano alla caviglia ma continuano in due propaggini che mimano la forma dei piedi e fanno da appoggio, e che continuano in altezza, sulla coscia fin quasi all'inguine, sorretti all'anca da una cinghia o qualcosa del genere. Non vedo bene e non mi va di puntare l'occhio sui dettagli.

Lo guardo con sufficiente distanza, cercando di cogliere l'insieme di quell'essere che ha la forma di un ragazzo malfatto. Pare che non appoggi sulla pietra ma sia rimasto a mezz'aria, i piedi metallici sollevati. Invece si è seduto per davvero, e penso anche che si senta comodo. Sta lí, fermo. È il tramonto, io mi alzo e mi avvicino. La mia ombra copre lui e mezzo tratto di spiaggia. Ma lui non guarda me, guarda il mare come se fosse la prima volta. Glielo chiedo per rompere il silenzio:

– Mai visto il mare?

– Mai.

– Sei un guerriero?

– E come potrei esserlo?

– Chi te li ha fatti quelli? – gli indico i suoi strani schinieri.

– Io.

Mi volto verso il mare anch'io e stiamo cosí entrambi, dandoci le spalle. Pochi oltre me conoscono l'arte dei metalli. Chi è davvero questo ragazzo? Sto meditando di fargli qualche domanda tecnica per stanare le sue menzogne, quando lui continua, e racconta una storia che non avevo previsto.

– Mi sono impiantato dei ferri che mi reggono e si flettono all'altezza dei ginocchi.

– In effetti sei un po' rigido... – mi scappa.

– Non sono rigido, gigante, guarda meglio: sono deforme, – dice slacciando gli schinieri perché io veda quel che mi sta dicendo. – Ho i piedi retroflessi. Sono cosí, il mondo va avanti e i miei passi mi portano all'indietro, dalla parte opposta. Cadevo, non facevo altro che inciampare e cadere. Come avrei potuto stare in piedi?

Mi volto a guardarlo. Lascio che il mare avvolga nel buio il suo racconto, insieme ai ciottoli. Parole come pietre.

– Mi hanno dato un bastone, all'inizio. Ma io sapevo che si poteva far di piú, avevo nel pensiero una possibilità. Capisci quel che voglio dire? Il pensiero era di puntellarmi i piedi. Dovevo solo trovare una cosa.

– Che cosa?

– Il fuoco.

– Da dove vieni?

– Dal fondo, dove c'è solo acqua.

L'acqua, il fuoco... A questo punto ho capito chi è, ma glielo chiedo lo stesso: – Chi sei?

Ancora prima di ascoltare la sua risposta gli dico da dove vengo io, senza rivelargli il mio nome, però. Sarebbe una prepotenza, che adesso non ho intenzione di usare con lui. Ho un nome pesante, e non voglio che si spaventi. Non dico che mi faccia pena, questo ragazzo, ma mi provoca una curiosità affettuosa, insieme a una strana voglia di proteggerlo. Cosí mi tengo vago:

– Appartengo alla stirpe dei Titani, – gli dico. – Mio padre è Giapeto e mia madre è Climene caviglie sottili, figlia del fiume Oceano che ci scorre attorno. E tu?

– Io cosa?

– Chi sei, chi ti ha generato?

– Non so cosa vuoi dire, gigante.

– Mi prendi in giro? Qual è l'origine della tua vita? Da chi sei nato? Se sei vivo, è perché qualcuno ti ha generato.

– Io non sono nato. Sono caduto.

Ha gli occhi scuri, indifesi. Quel che ho intuito fin dall'inizio potrebbe essere vero. Non ne ho certezza, ma chi ho davanti è possibile che sia il dio che nessuno ancora sa che esiste. Il dio che, appena nato, è sparito oltre l'orizzonte.

– Come ti chiami? – mi chiede.

Passa una nave al largo, è una sorpresa. Qui il mare in genere non è mai solcato, non patisce la ferita di una chiglia che gli taglia le acque. Prendo tempo. Mi sorprende che voglia conoscere il mio nome, ma poi penso che non ho piú ragione di temere: non ne avrà paura. Mi avvicino ancora di piú, e dall'alto della mia statura gli rispondo:

– Prometeo.

Il mio nome non gli dice nulla, come previsto, per questo non può fargli paura. Questo ragazzo che confonde il cadere con il nascere e nulla sa di sé non conosce di certo la storia dei Titani e dei nuovi dèi che ora governano il mondo.

Mi piace, questa sua ignoranza, non voglio guastargliela. E lascio che il mio nome nudo lo sovrasti.

7.

Viene poco, sull'isola. Emerge da non so quale spicchio di mare e lo vedo quand'è già qui, all'altro capo della spiaggia. Lo sento, piú che vederlo, avverto il rumore del suo passo metallico. Non sempre mi raggiunge, a volte se ne sta per conto suo, lontano, e io non mi avvicino. Intuisco la necessità della sua solitudine.

Sa già tutto. Come si fondono i metalli e come si battono, come si forgiano e si fanno raffreddare. Non capisco da dove gli venga, questo sapere. Me lo son fatto raccontare, ma ci è voluto tempo. È uno che non parla.

Si è costruito una fucina, in fondo al mare. Una serie di grotte collegate tra di loro, alte, spaziose, tra le quali si muove con uno sgabello dalle ruote semoventi che si è fabbricato apposta. Come quella specie di schinieri che gli servono per camminare.

È il suo passo claudicante, dal suono ritmico metallico, inconfondibile, lo sento arrivare da lontano e lo aspetto.

Ho cominciato ad aspettarlo sempre, qui sulla spiaggia dove vengo a riposarmi. Mi piace, quel ragazzo. Ci vedo una parte di me, e un'altra parte che vorrei avere ma non ho, ed è quella che mi affascina: la sua caparbia concentrazione, il suo starsene chiuso in sé, ma con un intento preciso, una specie di progetto che non è noto a nessuno. Tutto ciò gli dà una forza che io non ho. Io mi disperdo, penso a troppe cose insieme. Ho un pensiero che si complica, rigira su se stesso e il piú delle volte mi si ritorce contro.

Mi prende il guizzo di insegnargli qualcosa. Sopporto poco che abbia imparato tutto da solo, che io non sia il suo maestro. Voglio passargli quel che non sa ancora, e comincio con la pesca.

È per paura. Ci tengo a lui, e ho paura che fallisca, che si demoralizzi alla prima caduta. So che non sarà cosí. Sono io quello che cadrà, non lui che a cadere ha imparato dal primo giorno della sua vita. Ma non importa. Per questo, per la mia paura, gli insegno a pescare, perché pescare è saper perdere.

Stiamo ore sulla riva e non prendiamo un pesce. L'attesa, ma soprattutto l'attesa inutile. Il sapore amarognolo della frustrazione. Solo cosí penso che sopporterà quel che lo aspetta. È il mio modo di aiutarlo senza che lui se ne accorga.

Gli piace, pescare. Intanto perché può star seduto per ore. Si porta appresso uno sgabello pieghevole, leggero, che s'è fatto apposta per i suoi giri. Sedersi a terra gli è impossibile. È un tondo in metallo, a cui s'agganciano tre gambe che poi si ripiegano su se stesse fino a sparire.

Quando capita che prenda un pesce, lo rimira, lo guarda torcersi e ride, ributtandolo in mare.

Non ho ancora idea di cosa sia capace di fare, non ho visto nessuna delle sue opere e neanche riesco a immaginarmele. Ma da lí capisco che è piú avanti di quanto credessi, che l'arte di aspettare senza un fine la conosce eccome. Un giorno mi dice come ha scoperto i metalli e s'è costruito i primi arnesi, il martello, le tenaglie, l'incudine. A me lo racconta, a me che sono stato il primo. D'accordo, lui non sa con chi sta parlando, è normale, il mio nome per lui è una parola vuota; ma ci rimango male. Sono il primo artefice del mondo, e lui viene qui a spiegarmi come si fondono i metalli! Mi metto in pace e lo ascolto. È come tornare all'origine di me.

– È cominciato tutto per caso. Io ero lí, – mi dice, – che guardavo il fuoco. Come sempre. È l'unica cosa che mi dà

sollievo. Il fuoco mi vive a fianco e non mi chiede niente, arde e basta. Non fa altro che ardere. Son stato a guardare per giorni interi e notti, non ne uscivo piú. Ogni tanto gli buttavo qualcosa dentro per vedere come si comportava, le fiamme si contorcono e subito diventano piú alte e luminose.
Un giorno ho buttato un sasso. Sembrava come tutti i sassi, e invece dentro quella pietra ha cominciato a brillare qualcosa, era una luce argentea, e il fatto sorprendente è che quella luce iniziava a colare. Un rivolo sottile, che non era acqua ma scendeva come l'acqua. Colava, sí, colava. Solo che era qualcosa di piú denso, e lento. Ho tirato via il sasso con il bastone, fuori dal fuoco, e ho visto che l'argento a poco a poco si spegneva, ma aveva preso una forma. Una forma che prima non aveva, capisci? Siccome era colato in un incavo di terra, aveva assunto la forma di quell'incavo. Mi stava nel palmo della mano e poteva contenere qualcosa. Aveva una storia: era stato metallo imprigionato nella pietra, poi il fuoco lo aveva liberato e ora era diventato una coppa. Ci potevo bere…

Il sole sta calando e lui smette di parlare. Ma intuisco che non ha finito, al cuore del suo lavoro non è ancora arrivato. È uno che non parla ma ha voglia di parlare, s'è tenuto dentro la sua vita sottomarina e adesso deve farla uscire, è un fiume che non si può fermare. Gli propongo di restare a dormire: quando il buio è totale e il cielo si riempie di stelle, mi accorgo che non ha mai visto la notte.

Non dorme neanche un po', rimane a guardare. E io non interrompo con nessuna parola il suo sguardo, anche se mille cose vorrei insegnargli, la forma degli astri, le storie che nascondono. A un certo punto mi addormento e al mattino, come avevo previsto, continua a raccontare. Ha una voce piú pacata, quasi dolce.

– Da quel giorno sceglievo a caso sassi e pezzi di roccia, e li buttavo nel fuoco per vedere se il prodigio si ripeteva.

E sí, qualche volta si ripeteva. Ho cominciato a distinguere le pietre che avevano dentro quell'anima pronta a liquefarsi. Poi ho iniziato a prendere tutto ciò che era metallo, e lo fondevo. Guardavo come il fuoco riusciva a liquefare i nodi, le maglie di una rete, gli anelli di una catena. Tutto diventava liquido, perdeva la sua forma e io... potevo dare a ogni cosa una forma nuova, quella che io volevo. Ero potente. Mi faceva anche paura, avere tutto quel potere. Mi sono accorto che c'era un punto in cui il metallo non era piú liquido ma non ancora solido. Conservava il fuoco dentro, era rosso, violento, ma si preparava a spegnersi, a diventare freddo e inerte. Aspettava me, un mio gesto. Ho imparato che potevo battere il metallo prima che si solidificasse e tornasse quel che era. Potevo cambiarlo, trasformare la sua esistenza... Dovevo solo batterlo fino a farne una lamina sottile, storcerlo come mi pareva, in curve, convessità, anelli, forme mai viste. Potevo addirittura farne delle figure, animali, piante, esseri viventi...
Mi sono costruito gli strumenti. Non è stato difficile. Le pinze, per esempio. Conosco i granchi da cosí tanto tempo, è una vita che li osservo, sono miei amici. Le loro chele hanno un meccanismo perfetto, scattano e afferrano qualsiasi cosa: le ho copiate. E i mitili giganti, il respiro delle loro valve, come si articolano in una cerniera a incastro: cosí ho inventato i mantici, per alimentare d'aria il fuoco e raffreddare il ferro, l'argento e l'oro. E poi le spugne del mare, ne ho fatto il modo di asciugarmi il viso. E con le pelli essiccate di animali marini morti mi sono costruito grembiuli e maschere per ripararmi dalle faville. Il fuoco brucia, sai?

E ride. Ha una risata sfocata e intermittente, che però gli prende tutto il viso e glielo illumina fino agli occhi.

– Non sapevo cosa creare. Avevo solo quella voglia, quella che ti trovi nella testa e se ne sta lí confusa, eppure ti comanda e ti muove. Cosí la prima volta mi sono lasciato portare. Ho fatto fondere dell'oro, e ho deciso di colarlo

sopra una pietra levigata a forma di cono, il braccio in aria mimava una spirale, il rivolo di luce incandescente cadeva sulla pietra e poi si arrotolava su se stesso, una volta, due volte, in cerchi sempre piú stretti, fino a fermarsi sulla cima, chiudendo il vortice delle spirali.
Sono rimasto a guardare tutto quel colare che si rapprendeva e finiva per assomigliare a una conchiglia.
Uguale a quelle che trovavo a centinaia nella sabbia, diversa da ogni altra, perché non era una conchiglia. Era una conchiglia finta. E c'ero io, lí dentro, mi ero nascosto dentro quella conchiglia e mi ci confondevo, un tutt'uno con lei, e non ero piú io. Potevo diventare tutto. Un pesce, un'alga, un'onda che batte contro lo scoglio... Dovevo solo aspettare il momento giusto. Sai, c'è solo un momento giusto, e dura un soffio. Se lo manchi, se arrivi tardi o troppo presto, hai perso. Lo capisci dal colore, una sfumatura di rosso in piú o in meno. È il punto dove puoi battere, quando il metallo è abbastanza fuso ma non si è ancora raffreddato: allora si piega, ti viene dietro come un pesciolino di scoglio, e tu non lo vedi piú, tanto si è fatto luce, diventi cieco con tutto quell'abbaglio addosso, ma non ci fai caso, sei solo braccio, sollevi il martello e batti, piú forte che puoi, vai giú a battere con gli occhi ciechi, segui solo l'immagine che hai in mente e poi... ne esce qualcosa che prima non c'era, e questo ti rende... felice. Si può dire felice?

Ecco, questa volta è arrivato alla fine, ha toccato il cuore del suo lavoro. Del *nostro* lavoro. Di colpo tace. Sono turbato dal suo racconto, e dal suo futuro.

Ora lo so per certo: questo ragazzo è il dio escluso, e presto – ma a che prezzo! – salirà all'Olimpo.

– Sei un dio, – gli dico.

Mi esce cosí, senza volerlo. È niente, rispetto a quel che so, ma per lui è già troppo. Gli viene una risata cattiva:

– Un dio? Non credo proprio che gli dèi zoppichino...

– Cosa ne sai degli dèi? – gli chiedo, per metterlo in difficoltà.

– So che non li ho mai visti. Forse una volta, ma è stato un attimo...

– Sei sicuro? – gli dico. Non voglio svelarmi, ma la voglia di stupirlo s'insinua.

– Di cosa?

– Di non aver mai visto gli dèi.

Una luce forte, ma ancora bassa, ci colpisce in quel momento. Eos se n'è andata, lasciando il posto al Sole. Ma non permetto che m'interrompa il gioco.

– E gli uomini, sai qualcosa degli uomini? – gli chiedo.

– Chi sono?

Mi è venuta cosí, per superbia: una domanda che non c'entra. Questo ragazzo che non sa niente di sé e non conosce nemmeno l'esistenza degli dèi, che fabbrica gioielli quasi per magia senza avere appreso alcuna regola e non capisce che la sua è arte, e che l'arte è ciò che lo distingue da me... Da me, che ho costruito addirittura gli uomini. Mi è partito un moto di orgoglio, voglio portarlo a vedere la mia opera. Non gli dirò che sono stato io, che Zeus vedendo la Terra spopolata aveva dato a me l'incarico, e io con argilla e acqua avevo modellato gli uomini. Potrei, sono a un passo, che ci vuole? Ma mi trattengo: se gli parlassi di me dovrei rivelargli il resto, i Titani e gli dèi, e Zeus, il potere strabordante di Zeus, e chi è la sua vera madre e quale nefandezza ha compiuto verso di lui... Non posso fargli questo, è mio amico. Sapere è la piú tremenda delle sventure. Non dirgli niente è il mio modo di proteggerlo.

Gli uomini però voglio che li veda, questo sí, perché vedendoli capisca cosa vuol dire essere un dio. Almeno questo... Gli dico soltanto:

– Abitano qui, al di là degli alberi, a ridosso dei monti. Ti ci porto, se vuoi.

Non vuole. S'è già fermato troppo sulla terra emersa e dei miei uomini non gliene importa niente. Il suo tempo è ancora sotto il mare, a fondere metalli nella fucina e a non chiedersi chi è.

8.

Teti non riusciva a reggere il dolore di quel ragazzo. Ci aveva provato, si distraeva danzando sui fondali, facendo ghirlande di conchiglie, andando alle feste; quando proprio la sua ansia si faceva struggente, si sfogava con Eurinome, che sapeva calmarla parlandole con saggezza.

Combatté ancora un po' contro la decisione di non sapere, e alla fine cedette, andò in segreto dal padre. Ritenne che sapere fosse necessario per capire, e che se non avesse capito non avrebbe potuto aiutare Efesto. Varcò la soglia del palazzo splendente al fondo degli abissi, dove Nereo viveva con la sua sposa Doride e le azzurre Nereidi loro figlie, e gli fece la domanda che non doveva fargli:

– Perché mio figlio sogna sempre di cadere?

Disse cosí: mio figlio. E Nereo abbassò gli occhi. Avrebbe voluto non rispondere mai.

Teti non gli aveva chiesto chi fosse il bambino caduto in mare che viveva con lei fondendo metalli, gli aveva chiesto soltanto perché avesse quell'incubo ricorrente. Ma i sogni, a volerli sciogliere, finiscono sempre per svelare la vita segreta di ognuno di noi. Cosí Teti venne a sapere anche quello che non aveva osato chiedere.

Nereo sapeva tutto, e aveva due virtú: quella di trasformarsi in qualsiasi cosa o animale, e quella ben piú tremenda di dire sempre la verità. Quasi una condanna: anche se non voleva, non poteva non parlare.

Cosí raccontò la storia che nessuno sapeva. E svelò il mistero terribile di Efesto.

Quando ebbe finito, nel palazzo in fondo agli abissi tutti si fermarono attoniti, persino il mare smise per un attimo di muovere le sue acque. Un silenzio pietoso accompagnò l'uscita di Teti dal palazzo.

Tornò a casa sconvolta, ma non disse niente. Avrebbe voluto parlarne con Eurinome, sfogarsi, raccontarle tutto. Ma voleva proteggerla. Frenò il pianto e le parole. Tenne il dolore chiuso dentro di sé e provò a vivere come prima, come se nulla fosse successo.

Ci riuscí, almeno per un po' di tempo.

Ma è inutile cercare di frenare il destino, il lento e inesorabile procedere delle nostre azioni. Il passato determina il futuro, è l'anello che non può essere rimosso: si romperebbe la catena che conduce avanti la nostra vita.

9.

Eurinome vedeva che Teti era turbata. Aveva perso la sua leggerezza, i pensieri giocosi. Non volteggiava piú tra i veli, non intrecciava ghirlande. Si agghindava anche meno, dimenticandosi persino i gioielli che le regalava Efesto. E non parlava.

– Si può sapere che cos'hai?

– Niente.

Se le chiedeva quale peso ingombrasse il suo cuore, Teti rispondeva cosí, o lasciava andare qualche frase insignificante. Oggi mi sento un po' stanca, Le cose non sono mai come dovrebbero essere, Non ti preoccupare, passa. Risposte che non erano risposte.

Eurinome sapeva bene quale male incombesse su di lei, e attribuí a quel male il suo turbamento. Era il dolore di un'attesa. L'attesa della punizione di Zeus.

Zeus l'aveva desiderata, e rincorsa invano, insieme a Poseidone. La volevano entrambi. Teti è incantevole, seduttiva. Ma sfuggente. Cambia sempre, prende mille forme: non essere piú lei è il suo modo di nascondersi. Gli dèi del cielo e del mare non desistevano, ma un giorno ricevettero una profezia: Teti partorirà un figlio piú forte e piú potente del padre. Nessuno dei due, né Zeus né Poseidone, voleva essere quel padre, nessun figlio poteva indebolire il proprio dominio: imposero al loro desiderio di sbiadire, e smisero di inseguire Teti.

Zeus però non aveva dimenticato. Non si rifiuta impunemente l'amore di un dio, e del dio piú potente. Anche se ora era lui a rifiutarla, non poteva sopportare l'offesa. Teti aveva osato sfuggirgli, e andava punita. Le lanciò la sua vendetta in una frase, come un ordine:

– Sposerai un mortale, tu che hai rifiutato il piú grande degli immortali.

Per Teti voleva dire avere figli mortali. Figli che avrebbe amato, e che sarebbe stata destinata a perdere. Esiste crudeltà piú feroce?

– Teti, è arrivato quel giorno? Zeus ha scelto chi darti in sposo? – cosí le chiese Eurinome, seguendo il filo di ciò che credeva di aver capito.

– So che prima o poi Zeus tuonerà la mia rovina, ma per il momento sono ancora libera...

Eurinome si avvicinò e la circondò in un abbraccio. No, non è dunque questo il pensiero che la offusca, è qualcosa di nuovo che la tormenta. La interrogò, voleva sapere, ma lei non aggiunse parola, lasciò chiuso il cuore. Provò a consolarla, le disse che Zeus avrebbe potuto ripensarci, gli dèi sono cosí volubili. E l'attesa è solo il rumore di un tarlo che ci scava come un legno, decidiamo noi se ascoltarlo o no.

Efesto era lí, nell'ombra, a pochi passi. Nessuna delle due si accorse della sua presenza. Aveva sentito tutto. Gli uomini erano dunque questo? Esseri mortali che offuscano la luce di una dea, della *sua* dea? E cosa voleva mai dire «mortale»?

Non capiva fino in fondo le parole di Teti, ma vedeva il suo dolore. Lasciò la fucina e raggiunse Prometeo. Non cercava aiuto, cercava solo una chiarezza.

– Portami dagli uomini.

10.

Ci fermiamo sul crinale piú alto della collina, lí lo sguardo può spaziare. Non capisco perché ora mi chiede di vederli. Cos'è cambiato? Non mi dice niente. Ha un'aria fosca e impenetrabile.

Va bene, gli mostrerò gli uomini, gli insegnerò a osservarli. Voglio che veda tutto, anche i minimi dettagli. Gli passo una mano sugli occhi e glieli lascio liberi di vagare.

È l'alba. Gli uomini a poco a poco escono dalle loro abitazioni, si lavano nei torrenti, si coprono con pelli. Cantano un inno al Sole, che li accompagni durante il giorno, e uno alla Luna che li ha appena lasciati. Portano le greggi al pascolo, suonano lo zufolo. Fanno il formaggio, raccolgono i frutti che nascono sugli alberi, sui cespugli di rovo. Pescano sulla riva. Si riuniscono sotto le stelle a bere vino.

Mi dice:

– Gli uomini camminano...

Di tutto quello che vede, questo lo colpisce, il passo calibrato e sicuro degli esseri umani. Intuisco che su quel passo misura l'agilità che lui non ha, la libertà di andare senza prestare attenzione, mettere i piedi uno davanti all'altro e camminare, basta, un gesto naturale che scivola via, inavvertito. Guardo le sue gambe metalliche, l'opera migliore che è riuscito a fare per sé: ha puntellato la sua paura di cadere come ha potuto, ma cadere sarà sempre un'opzione che gli passeggia accanto. E ogni tanto avviene. Inciampa. Il piede gli si storta, manca la presa. È uno che conosce l'urto sul terreno, l'odore delle pietre a un palmo dalle narici.

Lo guardo. Ormai sono giorni che siamo qua, e lui è rimasto immobile. La notte non dorme e guarda gli uomini dormire. Cosí mi dice, anche se non può vedere niente, nemmeno alla luce della luna, perché gli uomini dormono riparati nelle loro case. Ma li veglia, dice che li veglia. Li trova cosí piccoli, indifesi.

Si sofferma su tutto. Ora su un uomo che striglia il suo cavallo e poi lo monta: Efesto lo segue mentre si allontana al galoppo. Poi vede in un angolo un giovane che prende l'acqua al pozzo e si lava, con meticolosità. Intorno a lui razzolano galline, caprette, maiali. Piú lontano mandrie di buoi, tori. Guarda gli animali, lenti e veloci; osserva come muovono le quattro zampe e si perde, non riesce a decifrare la perfezione di quel passo ritmico, sempre esatto.

– Animali e uomini, come fanno a vivere insieme?

È una storia lunga. Mi siedo.

– Quando Zeus venne a chiedermi di fare gli uomini, non avevo idea di come costruirli. Ho aspettato che piovesse. Allora ho raccolto la pioggia e l'ho impastata con la terra intrisa d'acqua piovana. È acqua che possiede ancora qualcosa del cielo. Poi ho copiato le nostre forme, il corpo, lo sguardo e il sorriso che abbiamo noi esseri divini. Li ho voluti eretti, gli uomini; ho dato loro il viso al vento, perché potessero stare davanti al cielo e di notte avere negli occhi le stelle. E ho insegnato loro ad addomesticare gli animali, perché gli animali li aiutassero a vivere.

Cosí gli dico. Passiamo ancora lungo tempo a guardare: non si stanca, ha gli occhi avidi.

A un certo punto la luce del giorno scompare. Nuvole nere incombono, abbassano l'altezza del cielo. Si scatena una tempesta, una pioggia furiosa che si scarica dall'alto. Tuoni, lampi. Una folgore si abbatte. Vedo Efesto impallidire, un velo di dolore gli contorce di ombre il volto. La folgore ha centrato un uomo, che ora si dibatte tra le fiamme. Efesto non conosce quella sofferenza. Osserva l'uomo steso a terra che non si muove quasi piú; ce n'è un altro che va e viene, gli porta acqua, cibo, lo deterge con un panno di tela, gli accarezza il viso, infine si china su di lui, lo abbraccia e piange. Efesto vede il suo pianto, e resta attonito. Non distoglie lo sguardo, aspetta, come se sapesse che qualcosa deve ancora avvenire. Ora l'uomo scava la terra con le mani, una buca dove poi, delicatamente, fa cadere il corpo del compagno. Efesto vede la carne bruciata, gli arti abbandonati che non rispondono a nessun comando. L'uomo ricopre il corpo con la terra, ne fa un tumulo e sulla cima pianta un ramo secco. Intorno sparge un liquido che fa colare da una brocca, forse acqua. Perché bagna la terra? Efesto non capisce. Vede che l'uomo si siede accanto a quella collinetta di terra smossa che ora fuma, manda un vapore nebbioso, e non l'abbandona. Quell'uomo sta seduto lí, con la testa tra le mani. Sta cosí per giorni. Poi s'inginocchia, leva per un attimo le mani al cielo e lentamente si alza e se ne va.

Efesto non sa cosa sia la preghiera, ma mi chiede cos'è stato, tutto quel che ha visto.

– La morte, – gli rispondo.

È una risposta che non volevo dargli. Ma in fondo è per questo che siamo qui. Ho voluto che conoscesse gli uomini per conoscere se stesso, per sapere che lui non morirà. Perché capisse l'immortalità volevo imporgli la vista della morte, cosí che fosse chiaro cosa vuol dire essere un dio. Volevo che provasse il mio stesso dolore. Io, che vivo a metà tra Titani e dèi e a volte penso di essere soltanto un uomo, uguale a quegli uomini che ho creato e non so proteggere. Mi è stato dato un tempo lunghissimo, ma anch'io – forse – morirò.

Ci sediamo davanti al mare e lasciamo che le onde, col loro andare e tornare, ci regalino una pace.

Gli racconto che non è sempre stato cosí. C'è stato un tempo in cui gli uomini non conoscevano il lavoro e la fatica, la fame e la sofferenza. Era l'età dell'oro, il tempo in cui regnava Crono, padre di mio padre, padre di Zeus, e gli dèi vivevano con gli uomini, tra feste e banchetti in una beata serenità, circondati solo da bellezza. Era un tempo dove non passava il tempo. Gli uomini erano sempre giovani, e non conoscevano né nascita né morte. Spuntavano dal nulla senza saperlo, e non morivano. Semplicemente a un certo punto sparivano dalla Terra cosí come erano apparsi. Ma poi sono nati gli dèi olimpi, Zeus ha vinto… E mio fratello Atlante è stato condannato a sopportare il peso del cielo.

Efesto mi viene vicino. Ha colto un mio esitare, un vuoto di parole, e sospetta che qualcosa io non voglia dire. È perspicace, ma non ancora pronto a sapere. Sento il suo respiro ansimare, vedo stringersi i suoi pugni come per una lotta contro il mondo che non può vincere, lui che è un dio cosí imperfetto. Mi ha ascoltato come un bambino che nulla sa dell'Olimpo, di Zeus, degli altri dèi e di noi Titani. Mi ha ascoltato, sí, ma lo stesso velo di dolore gli adombra il viso. Ora sa che la morte esiste, ed è un sapere da cui nemmeno un dio è capace di tornare indietro.

Stiamo ancora un po' qui. Il sole se n'è andato e sopra di noi il cielo si fa sempre piú scuro, eppure è piú luminoso del giorno.

– Possiamo raggiungerlo? – mi chiede.

– Che cosa?

– Il cielo.

– No.

– Perché no? Tu hai fatto gli uomini, tu puoi tutto…

– C'è un limite…

– Che cos'è un limite?

– Una linea.

– Come l'orizzonte?

– Piú lontana.

– Ma il cielo, Prometeo, guarda! Quasi si può toccare, non è cosí lontano…

– Mi piacerebbe dirti che ci ho provato.

Vorrei che restasse anche questa notte. Gli insegnerei le stelle.

Si alza a fatica, e zoppicando scompare dentro il mare.

11.

Ora Efesto sapeva che cosa volesse dire per Teti sposare un uomo. Quando tornò da lei, non riuscí a consolarla.

Teti non sapeva quando sarebbe stata costretta alle nozze, né chi era lo sposo designato. Aspettava, avvolta in un tempo di apparente pace. Efesto si chiuse nella sua fucina e si mise a battere sul metallo colpi furibondi.

Le fabbricò una spilla.

Una spilla in argento dov'era scolpita una piccola figura inginocchiata. Non si capiva bene chi fosse, se una dea o una ninfa del mare, ma era come l'uomo che aveva visto inginocchiarsi sul tumulo del compagno morto. Una figura china a pregare, o a piangere.

Efesto non sapeva che cosa fosse la preghiera, ma aveva capito che nasce dal pianto, ed è dolore misto a speranza.

Con quel gioiello Teti andò a una festa sull'Olimpo. E fu il suo errore. Non ci badò, non pensò che rifulgeva di una bellezza eccessiva, fuori dal comune, e qualcuno avrebbe potuto notarlo. Se lo appuntò alla veste perché le piaceva, perché voleva essere bella. Il destino, ciò che deve accadere, trova sempre le sue strade. E quella volta fu la vanità.

Era stessa l'aveva invitata insistendo molto.

– Non puoi mancare, – le aveva detto. – Ci saranno tutti gli dèi e le dee, le ninfe dei mari, dei fiumi, dei boschi e delle cascate, i Satiri, i Centauri, i Tritoni… Zeus s'è di nuovo invaghito di un'altra e il suo tempo è con lei. E io voglio uno sfarzo di abiti e gioielli, voglio un tripudio di canti e balli... Voglio dimenticarmi di lui!

Zeus... il dio che Teti non voleva nemmeno sentir nominare. Zeus che le aveva ordinato di sposare un uomo.

Si perse tra la folla luminosa degli invitati. Si nutrí di nettare e ambrosia. Danzò, e lasciò che la musica cancellasse ogni pensiero.

Era se ne stava stranamente in disparte e la guardava. Guardava proprio lei, anche mentre volteggiava con gli altri. Aveva un sorriso svagato, e lievemente indispettito, come se qualcosa la turbasse. Era attratta da Teti, dalla spilla che portava appuntata sulle vesti. Splendeva troppo, mandava una luce fuori dal comune. Di colpo i gioielli smaglianti di cui era ornata le sembrarono spenti, non consoni alla sua dignità regale. Si avvicinò per guardare meglio, e senza sollevare lo sguardo dalla spilla, le parlò.

– Teti, mia cara, che gioiello meraviglioso. Non ne ho mai visti di cosí ben fatti.

Esaminò il taglio magistrale della forma, le pietre preziose incastonate, e si soffermò a osservare nei dettagli la figurina inginocchiata, le pieghe dell'abito, il fluire dei capelli sulle spalle, quello sguardo leggermente reclinato in basso ma luminoso. Lei era la regina degli dèi, possedeva i gioielli piú preziosi e leggiadri di tutto l'universo e altri avrebbe potuto ordinarne all'istante, eppure in quella spilla c'era una perfezione misteriosa, come una bellezza dolente, che lei non aveva mai visto espressa in nessuna opera.

Voleva quel gioiello, doveva a ogni costo possederne uno uguale.

– Chi ti ha fatto questo splendore unico al mondo? Chi è l'artefice? Devo conoscerlo, voglio convocarlo qui e godere anch'io delle sue opere!

Teti avvampò. Capí il suo errore, ma era tardi. Un imbarazzo che non sapeva sciogliere le imprigionava le parole.

Di fronte a quella inaccettabile titubanza, Era si mise a ridere, di una risata cattiva:

– Ma come, non mi dirai che vuoi tenere il segreto...

Teti si sentí perduta. Come poteva non esaudire il desiderio di Era, o anche solo tentare di sviarlo?

– Non lo farei mai, Era! È solo che...

– Solo che cosa? Chi ti ha fatto questo gioiello, un artigiano, un fabbro o un mostro che si annida nei tuoi orridi abissi?

Cosí disse, e rideva. Teti s'affrettò a rispondere per interrompere il suono stridulo di quel riso.

– Un fabbro, sí, certo... È un fabbro...

– E dunque?

– È solo che si muove a fatica...

– Cos'è, l'hai imprigionato in una grotta in fondo al mare?

Questa volta rise anche Teti, non poteva far altro. E, vistasi perduta, promise:

– Va bene, Era, ti porterò il mio fabbro.

Teti ne uscí affranta, e tornò a casa pensierosa, cupa, lei che era gioiosa e canterina, danzava con le onde e giocava tra i veli fluttuanti. Eurinome non l'aveva mai vista cosí dopo una festa, volle sapere cos'era successo.

– Era vuole che Efesto salga all'Olimpo.

– E com'è possibile? Cosa ne sa di lui?

– Non sa niente, non sa chi sia e dove vive, ma vuole vedere l'artefice dei miei gioielli, Eurinome. Vuole che lavori per lei.

– E perché hai quell'aria torva, qual è il problema? A me sembra una bellissima notizia, Efesto avrà gli onori che gli spettano, finalmente la sua arte sarà apprezzata.

Teti si fece scura in viso. Si prese un tempo e poi scandí queste parole, e ogni sillaba era un colpo al cuore:

– Non può andare all'Olimpo.

Eurinome si fece seria. Non capiva. Le volteggiò intorno per un attimo, come per lasciarle riprendere il respiro, poi si sedette:

– E cosa glielo impedisce?

– Non deve conoscere Era.

Altro mistero impenetrabile.

– E perché mai?

– Perché Era è sua madre. La madre che non l'ha voluto, e ora non sa di averlo.

Eurinome lasciò andare la testa all'indietro e chiuse gli occhi. Le parole erano state dette, le parole terribili. Teti non poteva mantenere oltre il segreto. Raccontò a Eurinome la verità che suo padre Nereo le aveva rivelato, e quand'ebbe finito si lasciò andare al pianto:

– Perché io? Perché proprio io ho trovato questo bambino? Io che ne sono la causa, che ho provocato la sua nascita aiutando Era a restare incinta... Ma come potevo prevedere...?

Eurinome non trovava modo di consolarla, perché quel dolore era anche il suo. Ed è inconsolabile destino conoscere la verità.

L'unica scelta ora possibile, si dissero, era di non rivelare niente a Efesto. Se non sapeva, non aveva ragione di soffrire. Poteva andare sull'Olimpo, presentarsi come il meraviglioso artista che era e godersi il plauso che gli era dovuto.

Si presero il peso di sapere, e vollero che lui non fosse gravato dalla sua storia. Che non scoprisse mai che sua madre era la divina regina dell'Olimpo e che, appena generato, lo aveva gettato giú dal cielo.

12.

C'erano giorni in cui Era vagava sulla cima dell'Olimpo. Sola, senza il carro con i due cavalli che era solita guidare, senza scettro. Quando si dava a quei vagabondaggi la chiamavano la Solitaria, lei che governa l'Olimpo insieme a Zeus; invisibile come la Luna quando si volta e ci nasconde il viso.

Quel giorno però non vagava per portare a spasso la sua solitudine, era sospinta da una forza che non ammetteva indugi, incalzata dagli istanti: Era cercava un posto riparato, dove nessuno la potesse vedere. Il suo passo fragile e impaurito rimbombava fino al cielo. Nuvole scure s'addensavano sull'Olimpo, che nemmeno le Ore riuscivano a diradare, e nascondevano i veli rosati di Eos.

Era aveva il corpo pesante. Portava in grembo un bambino che aveva voluto generare da sola, non con Zeus, non col suo fratello sposo.

Zeus insegue altri amori, genera infiniti figli senza di lei, a sua insaputa, congiungendosi quando gli pare con chi vuole, ninfe, dee o giovani fanciulle. È il dio supremo che dall'alto osserva, adocchia e subito desidera, e in un attimo possiede, perché ogni cosa che vuole si deve compiere, ogni donna deve dargli frutto, perché lui è il dio che di continuo popola il mondo. E lei? In quale pozzo oscuro dovrebbe sprofondare, non esistere, lei che è la regina dell'Olimpo?

Era è sorella di Zeus. Il loro amore inizia in un'epoca del tempo che si perde nella notte. Inizia quando lei unge il suo corpo con olio profumato, pettina i capelli in trecce lucenti, indossa orecchini a tre perle e, armata di seduzione, gli si presenta davanti. Zeus la vede, e il desiderio gli avvolge il cuore. E perché nessuno s'accorga dei loro corpi uniti, versa tutto intorno una nube d'oro, che nemmeno il Sole può penetrare. E sotto di loro la terra si mette a produrre erba tenera e fiori, e su di loro gocciola una rugiada lucente.

Si amano una notte lunga trecento anni, senza che nessuno sappia. E ogni anno Era torna alla fonte di Nauplia a rinnovare la verginità, per riprovare il piacere del primo amplesso.

Quando avviene la spartizione del mondo e a Zeus tocca il cielo, lei è per sempre la sua sposa, signora dell'Olimpo, dea del matrimonio e del parto.

Ma ora non è piú quel tempo.

Era non sopporta i continui tradimenti, la vergogna, l'umiliazione. È la regina, vuol essere pari al re. Deve usare il suo potere e lo sfida: mostrerà allo sposo infedele che può fare a meno di lui.

Convoca Teti, l'amica ninfa del mare, perché la aiuti a generare un figlio senza il fratello sposo che continuamente la tradisce. Teti che vive in una grotta sottomarina ed è la figlia di Nereo, il dio che sa tutto e dice sempre la verità; Teti che non vuole congiungersi con nessuno e sarà costretta a giacere con un mortale contro la sua volontà; Teti che è amica di Era da sempre e non proverebbe mai a dissuaderla. Teti che infatti non esita: strappa dal mare un'alga magica e gliela porge. Basterà che la mangi e resterai incinta, le dice.

Passano i nove mesi e la regina degli dèi va a cercare un posto per partorire senza che nessuno sappia. Primo fra tutti Zeus deve ignorare. Vuole arrivargli davanti con questa sorpresa, porgergli il bambino soltanto suo appena nato, fiera, superba: Ecco il figlio che ho fatto senza di te. È mio.

Sarà la sua vendetta, l'orgoglio che rinasce.

Ed è in quell'alba cupa in cima all'Olimpo che Era trovò il posto per partorire. Non era una grotta riparata, il buio non si addice a un figlio tanto luminoso; desiderava per lui la luce piena, l'aria sferzante della montagna divina. Scelse uno spunzone di roccia che si protendeva oltre le nuvole minacciose. Lí partorí, con molto dolore. Le sue grida sfidavano l'infinito.

Lo estrasse da sé e lo guardò. La testa schiacciata come in una morsa, le gambe troppo esili, e i piedi, quei piedi che ributtano in dentro, troppo corti. Come ho potuto fare questo figlio orribile, deforme?

Un urlo di rabbia le squarciò il petto. Non ebbe un attimo di esitazione, afferrò il figlio per quei piedi sbagliati e lo buttò giú. Lo lanciò nel vuoto, scagliandolo come una pietra dalla cima dell'Olimpo. Che i suoi occhi non si posassero mai piú su quello scempio, su quell'offesa, e lei fosse libera dalla vergogna.

L'aria ritorna tersa. Quel parto non è mai avvenuto, quel figlio non è mai nato. Non esiste nessuna madre, non esiste nessun figlio.

Per nove giorni e nove notti il bambino cadde. Un punto che precipitava nel cielo e poi nel mare. Nove giorni e nove notti, un'identica distanza in aria e in acqua.

Finché non si depositò sulla sabbia del fondale.

Parte seconda

L'Olimpo

1.

Per primi lo vedono i pastori, mentre conducono le greggi pigre. Una figura lontana, un punto scuro che macchia il verde dell'erba appena nata e che, seppure sembri quasi fermo, progredisce. Va lento, ma avanza.

Non è chiaro dove stia andando, nella pianura immensa senza case, solo due o tre ripari in pietra sparsi, solo terra che da una parte finisce nel mare e dall'altra sbatte contro la montagna.

È spuntato dal nulla. E non è uno di loro, questo è certo. Il suo passo è ampio, sicuro. Ha però una cadenza innaturale, qualcosa che gli inceppa il ritmo. A guardar meglio, da cosí lontano, vedono che ha due bastoni, e con quelli, che alterna nell'appoggio a terra, manda avanti il cammino. Non è un uomo, si dicono i pastori. E tornano al loro impegno, lanciando richiami alle pecore per tenerle insieme, attenti a non perderne neanche una.

Passano i giorni, si annegano nelle notti.

Un giovane seduto all'ombra di un pino sta costruendo un flauto, è un viandante sperduto che si prende una sosta, a metà della montagna dove il bosco interrompe la luce del sole. È sorpreso da un rumore. Qualcosa tra i cespugli, rami che si rompono, pietre che franano e un tonfo sordo e ripetuto che batte sul terreno.

Si volta e per un istante lo scorge, da lontano. Un uomo avvolto in un mantello scuro e corto, che lascia intravedere le gambe. Gambe che non sembrano vere, mandano bagliori ferrei. Un uomo che sale, e trasmette la sensazione di un'immensa fatica. Un uomo, o quale altra creatura ignota?

Un'aquila che si libra in alto lo vede arrancare, quell'uomo che sale. Ora, oltrepassato il bosco, ha raggiunto la regione delle rocce e con grande sforzo s'inerpica, facendo forza sulle braccia, usando le mani come artigli e lasciando ai piedi, malcerti, l'appoggio piú leggero.

L'aquila lo accompagna disegnando in cielo giri concentrici. Larghi, e poi sempre piú piccoli. Non abbassa il volo, ma non lo perde mai di vista. Lo scorta fino alla regione delle nevi, e lo lascia solo quando lo vede, spossato, addormentarsi in una grotta riparata dai venti.

Gli stessi venti che di giorno sospingono la sua salita. Lo guardano andare senza sosta, stupiti, e ne hanno pena. L'impetuoso Borea cede il passo a Zefiro soffio dolce e si ritrae, smette di sferzare con violenza. Quel passante dalla forza inaudita deve continuare ad andare. I venti conoscono la verità, e portano col loro soffio il messaggio, ancora oscuro, di un arrivo misterioso.

La notte i venti lo lasciano alle stelle, che ne abbiano cura. Sopra di lui vegliano le costellazioni remote, che a quell'altezza perdono la lontananza, sembrano stendersi quasi a toccarlo. Le Pleiadi, le sette fanciulle figlie di Atlante che regge il cielo. E la bellissima Callisto per punizione tramutata in Orsa, e accanto a lei la stella piú luminosa di suo figlio Arturo. E l'elegante Cigno, che segue il flusso della Via Lattea, la scia del latte sparso dal seno di Era per nutrire Eracle, il figlio non suo che Zeus ha avuto con un'altra. Tutte quelle stelle lui le conosce, perché il suo amico gigante prima di partire gli ha raccontato le loro storie.

Quella notte Selene si china su di lui.

Lei per prima, Luna splendente, lo riconosce, e ha un sobbalzo in cuore. Tra poco lo vedranno gli altri dèi e la storia avrà il suo seguito, ma ora lei che vive nel buio rischiara la sua grotta, perché non abbia paura di quel che lo attende. Si avvicina, e il Sonno è rapido a prendere con sé Efesto, a togliergli coscienza, cosí che non s'accorga del bacio che Selene posa su di lui.

Poi non lo vede piú nessuno, perché smette di essere visibile. Uno spesso strato di nuvole circonda in un anello opaco la montagna degli dèi, cancellandola. Lui entra in quella nebbia e scompare agli occhi.

Sale per un giorno intero e perde la cognizione del tempo e dello spazio. Le sue mani che artigliano la roccia, il respiro affannoso, la difficoltà delle gambe sono la sua unica certezza. Arranca a fatica in quel nulla denso, senza mai perdere il pensiero della cima.

Continua a salire. Fino a che la densità compatta comincia a sfaldarsi. Le nubi si sfilacciano e diventano un pulviscolo sempre piú leggero, che una bufera di vento spazza in alto fino a dissipare.

Il mondo ritorna, di nuovo visibile.

Ma non è il mondo che ha lasciato.

A quel punto si ferma.

Il cuore spazia sull'infinito. Se volge lo sguardo in basso, vede le nuvole che ha attraversato e ora sembrano un lastrico d'argento. In alto, la montagna finisce in cime che brillano di luce e poi diventano soltanto cielo. Un cielo mai visto. Terso. Aria rarefatta, colorata di un azzurro fermo, intatto.

Intanto il Sole sfolgora. Elios, il dio che tutto vede. A metà del suo cammino si volta. Manda lo sguardo di lato, verso l'Olimpo, perché qualcosa lo ha attratto, un movimento che a quelle altezze di solito non intercetta. Un passaggio lento e costante, verso l'alto. Non di un uomo, perché nessun uomo può salire quella montagna. Un dio? Il lento volare di un dio in cielo? Un dio che vola ma non sa staccarsi dalla roccia? E quale dio, che al Sole è sconosciuto?

Elios converge i raggi in quel punto che si muove verso l'alto. E vede che non vola affatto, cammina. Un dio che muove i passi come i mortali?

Poi qualcosa gli torna in mente. Qualcosa che aveva lasciato indietro, che in un tempo remoto non aveva compreso. Questa volta si sofferma. Per un attimo lascia andare il mondo, che esista senza di lui. Gli abitanti della Terra, se fossero attenti, noterebbero un arresto della luce, un soffio d'ombra passeggero. Un'incrinatura nel viaggio celeste del dio che illumina la vita. Non ci fanno caso, presi dai lavori, dagli affanni. È un attimo, poi il Sole termina la sua breve sosta e riparte.

Ma ha capito.

Quell'essere che un tempo aveva segnato il cielo con la linea verticale della sua caduta ora è salito, ha scalato la montagna degli dèi.

Efesto, il dio scagliato dall'Olimpo, ora sta tornando.

Ma non sa che è un ritorno.

Elios si volta. E non glielo rivela.

2.

Teti e Eurinome avevano scelto un giorno senza vento, per dirgli che Era lo voleva sull'Olimpo. Lo avevano portato sulla riva del mare, quando la luce declina e borda di rosso l'orizzonte.

Il mare, quel giorno, sembrava che non facesse piú le onde, che avesse deciso di tenerle a freno per non turbare il momento, la domanda che non era una domanda:

– Ti andrebbe di salire sull'Olimpo?

Avevano deciso di dirglielo con quella frase innocua, che non sembrava un ordine senza via d'uscita ma aveva la leggerezza di un capriccio. Teti, soprattutto lei, era a disagio. Avrebbe dovuto dirgli: Tua madre ti vuole vedere, ma ti ha buttato giú dall'Olimpo e non sa che tu sei suo figlio.

Come avrebbe potuto?

Efesto le aveva guardate, e per un po' era rimasto muto. Gli occhi dicevano il suo stupore. L'Olimpo è la montagna inaccessibile. Un sogno vietato, un pensiero che non si può nemmeno osare ma continua a insinuarsi nei cuori degli esclusi con la forma di un desiderio, di una sete che non si spegne.

– Perché?

– Era ti vuole conoscere.

– Era non sa nemmeno che io esista. Perché vorrebbe vedermi?

– Sa quel che sai fare. È per la tua arte sublime che ti convoca, Efesto.

Teti gli disse della spilla, di quanto Era l'avesse ammirata e ne desiderasse una uguale.

Efesto sentí esplodergli il cuore, qualcosa di nuovo che però non voleva trasparisse: assomigliava alla gioia. Ma nello stesso tempo c'era un'irritazione, un pensiero che lo indisponeva e non sapeva mettere a fuoco. Non disse nulla, ma il volto disegnò un sorriso lieve, trattenuto, una linea che saliva in diagonale e subito si spegneva in niente.

Il buio si posò su di loro mentre facevano ritorno negli abissi. E il mare solo allora ricominciò a fare le onde.

Quella notte non dormí. Non sapeva cosa decidere, ma non era certo di potersi sottrarre.

Che ne so io di questo monte dove mi dite abitino gli dèi? Prometeo per esempio non abita sull'Olimpo. È un dio o no?

Mi hai messo davanti alla proposta, quella che io credevo fosse una proposta, e invece è un ordine: Ti andrebbe di salire sull'Olimpo? Hai aggiunto: Lei ti chiede di farle un gioiello, per te è un onore.

Ti andrebbe..., cosí mi hai detto. Ma io ho capito. Ti ho vista tesa, imbarazzata. Pesante. Ecco, avevi un peso. Volevi dirmi: Lei ordina che tu vada, lei vuole un tuo gioiello.

Lei chi?

Mi hai detto il nome: Era. Come se io sapessi. Era è la regina degli dèi, sorella e sposa di Zeus adunatore di nembi, sorella di Poseidone scuotitore degli abissi. Va bene, ho le parole che mi dici tu. Sei tu il perimetro della mia conoscenza del mondo. Ma sono solo parole. Io non so niente. So come si fonde un metallo, come si forgia una lancia, un tavolo, una corona. Nient'altro.

In quanto all'onore, poi... Non è per ricevere onore che salirò all'Olimpo. Conosco il limite, lo porto in me da sempre, segnato nel mio corpo. E non mi servono ambizioni, per sognare. Tutto quel che mi manca lo invento dentro il metallo. Vederlo fondere, essere padrone di quella luce liquida, incanalarla nei desideri. Non voglio di piú.

Però sono curioso. Perché di curiosità si nutre l'immaginazione, altrimenti da sola non ce la fa. L'Olimpo, la dimora di questi benedetti dèi. Me ne parli da quando sono nato ma io non so vederlo dentro la mente, non ci riesco. Me lo immagino, da sempre. L'immaginazione sfortunatamente ha dei limiti, non arriva dove vorremmo, non sale cosí in alto. C'è bisogno di vedere, e poi di ricordare: solo cosí s'inventa.

Se l'Olimpo è davvero una montagna, la scalerò. Mi dici che va oltre le nuvole. Bene, ne varrà la pena. Vedrò il cielo come non l'ho mai visto.

Sí, ci vado, sull'Olimpo.

Farò quel che mi chiede la tua Era.

Vedrai, forgerò gioielli che fino a qualche giorno fa non avrei saputo neanche pensare. Farò molto piú di quel che so fare, per lei. E sí, anche la spilla. Ha ammirato la tua? Ne avrà una somigliante, ma non uguale. Quella spilla appartiene a te, è unica. Ciò che un figlio fa per sua madre dev'essere ineguagliabile.

Ma mentre ti parlo non ti vedo felice. Ci metti troppo tempo ad accennare un sorriso, ti si ferma sulle labbra e resta lí sospeso. Mi guardi. Hai una dolcezza triste che non so consolare. Non capisco se è la risposta che volevi da me o ne preferivi un'altra, un mio rifiuto. Volevi che ti dicessi di no, che non salirò mai sull'Olimpo? Ci sono cose che non possiamo rifiutare. Se la nostra strada si allarga e di colpo sale, difficile decidere di rimanere in basso.

Comunque, non avevamo il potere di una scelta. Agli ordini non si decide se obbedire.

Entrò nella fucina e si mise subito al lavoro. Una spilla uguale no, non gliel'avrebbe mai forgiata. Ma gioielli meravigliosi da lasciarla senza fiato sí, tanti quanti sarebbe riuscito a farne.

Passavano i giorni e lui stava chiuso lí dentro, alacre, ostinato. Teti e Eurinome lo vedevano preso da un'euforia che non era mai stata sua. Aveva perso la cupezza, quella sua scontrosità sempre arrabbiata. Come se un vento gli avesse voltato l'anima. Come se vivesse l'infanzia che non aveva avuto.

Si prendeva persino delle pause. Ogni tanto usciva a girare negli abissi, si fermava a chiacchierare con le ninfe marine che fluttuavano attorno, giocava con le conchiglie e i pesci, inseguiva i calamari giganti. Poi tornava a lavorare. La sua mano non riusciva a seguire la mente, che andava sempre troppo avanti, mai sazia di nuove forme. Eccitato, ansioso. Lavorava come solo lui sapeva, ma ora era diverso: aveva uno scopo.

– Quando andrò sull'Olimpo vedrò Zeus?

– È il signore degli dèi, Efesto, l'Olimpo è il suo regno.

– Parlami di lui. Non voglio arrivare come un bambino ingenuo che non conosce nulla e si fa sorprendere da ogni cosa.

– Tutto ti sorprenderà, sull'Olimpo. Anche se io ti raccontassi i minimi dettagli, non ti potresti immaginare nulla. Gli dèi dell'Olimpo sorpassano i pensieri e le parole. Ma ti dirò di Zeus quel che non potrai vedere: il suo passato. È figlio di due Titani, gli dèi primordiali: sua madre è Rea, suo padre è Crono, il Tempo.
Crono ha evirato il padre Urano per prendergli il regno ed è diventato re al posto suo. Ma gli viene predetto un destino uguale a quello di suo padre: venir cacciato da un figlio piú forte. Cosí inizia a divorare i suoi figli appena nati perché nessuno di loro arrivi a spodestarlo. Rea è stanca di quelle nascite che diventano subito morti, e offre al famelico sposo una pietra infagottata che sembra un bambino. Il raggiro funziona, Rea salva l'ultimo nato, lo nasconde e lo manda a vivere lontano.
L'ultimo nato è Zeus. Lo alleva una capra sull'isola di Creta, Amaltea. Quando è abbastanza forte, torna e avvelena il padre. Crono vomita i figli che aveva divorato, uno dopo l'altro: Ade, Poseidone, Demetra, Estia, Era, i grandi dèi e le grandi dee che insieme a Zeus comanderanno il mondo.

Ecco chi è il signore dell'Olimpo. Quando lo vedrai sarai abbagliato dalla sua luce, ma ora sai da dove gli viene. Ognuno di noi è una storia che arriva da lontano.

Cosí parlò Teti, e subito si pentí di quelle sue ultime parole. Si sentiva in colpa per tutto ciò che aveva omesso. Gli aveva raccontato quella storia, senza rivelargli che era anche la sua.

Efesto percepí che il racconto di Teti aveva un vuoto. Avrebbe voluto sapere di piú, soprattutto di Era che lo aveva invitato.

Non le chiese niente, ma qualcosa non gli tornava. Vedeva Teti ombrosa, come agitata da pensieri che le davano un'amarezza, un'inquietudine. Si aggirava senza requie per gli abissi. Oppure si metteva sulla soglia della fucina e ci rimaneva a lungo, anche tutto il giorno. Efesto sapeva che era lí, e sentiva il suo turbamento, senza trovarne ragione.

Era la sua abitudine, il suo modo affettuoso di stargli accanto. Efesto lo capiva, quando arrivava. Lui chiuso a lavorare, e lei cosí nascosta che, se si fosse girato, non l'avrebbe vista. Non diceva niente, se ne stava solo a guardarlo, ma lui sentiva quegli occhi posarsi sui suoi gesti. Avveniva una specie di spostamento dell'acqua quando lei era lí, un ondeggiamento. Rimaneva sulla soglia per dei tempi lunghissimi, non si stancava, poteva essere un giorno intero o tre o quattro. Efesto non sapeva dire. Lí sotto non misurava i giorni. Se avesse abitato sulla terra, avrebbe contato le volte che il Sole riparte e avrebbe saputo che ogni volta è un giorno. Ma il buio degli abissi è un tempo immisurabile.

Gli aveva sempre dato pace, sentire che Teti gli stava accanto. Ora però avvertiva in lei un'apprensione che non le aveva mai visto. Sentiva i suoi occhi addosso, inquieti. Troppo inquieti.

Ci mise giorni, ma finí il lavoro. Era pronto a salire sull'Olimpo, il regno degli dèi a cui non sapeva di appartenere. Si preparò ad andarci in visita, come il viandante che ammira le meraviglie di un paese sconosciuto e non ne conosce la lingua.

Prima di partire corse dalle due ninfe a mostrare i suoi gioielli, ansante, sudato, fiero come un bambino. Orecchini con due piccoli ippocampi appesi, cinture dove s'inanellano serpenti e stelle marine, ciondoli dalla forma di conchiglie...

E una spilla in argento, bellissima. Dove però non era incisa la ninfa che s'inginocchia.

Sí, Teti era inquieta. Ma lei stessa ci mise un po' a capire quel che le passava in cuore. Era un'insoddisfazione, quasi una stizza. La infastidiva vedere Efesto cosí contento. Non sopportava la sua gioia smodata, quell'eccitazione nuova, mai vista. Cantava! Lo aveva sentito persino cantare nella fucina, mentre lavorava e non si dava tregua, felice di creare per Era, di regalarle il frutto meraviglioso della sua arte. Non era giusto. Era non lo meritava. Ma lui non sapeva. Non sapeva perché lei non gli aveva detto quel che avrebbe dovuto sapere. Questo era il peso che la opprimeva, la sua colpa.

Era stata lei ad accogliere la preghiera di Era, assecondare la sua volontà di generare un figlio da sola; lei le aveva dato l'alga magica, e poi, invece di seguirla, di accompagnarla fino al parto, l'aveva dimenticata al suo destino. Se le fosse stata accanto, avrebbe fermato la mano folle prima del gesto di lanciare nel vuoto quel bambino deforme, avrebbe cercato di placare il suo dolore, la sua ira.

E ora gli portava il figlio, senza che lei sapesse che era suo figlio. E invitava Efesto a conoscere sua madre, senza dirgli che era sua madre.

Non lo accompagnò.

Avrebbe voluto salire con lui, alleviargli la fatica, ma lui preferí andare solo. Voleva mettersi alla prova, sentire l'ebbrezza della terra che si fa roccia e chiede l'appiglio delle mani, essere un tutt'uno con la terra, in un abbraccio. E non voleva perdere l'attimo del confine, ma varcarlo con i suoi piedi sbagliati. Era una sfida. Piegare il corpo a quella fatica, per arrivare. E capire fisicamente dove finiva il mondo noto e cominciava l'altro, l'inarrivabile regno dei celesti, e com'era possibile che quel posto non avesse fine.

Teti comprendeva tutto questo. Riconoscere che esiste un cielo oltre il cielo che vediamo è un viaggio che si fa da soli.

Quando un giorno le aveva chiesto cos'è l'Olimpo, aveva risposto: – Il cielo, al di là del cielo.

Ora il suo Efesto sfidava quel confine. E lei intuiva la domanda che teneva in cuore e non le rivolgeva: Com'è possibile? Quale dono mi è mai concesso?

Non avrebbe saputo cosa rispondergli. I privilegi non hanno in sé una ragione. E non sempre sono doni.

Teti non lo accompagnò, ma lo precedette. Voleva esserci, quando avrebbe varcato l'entrata dell'Olimpo, il regno che non aveva porte né confini, ma dove nessuno che non fosse un dio poteva accedere. Non sapeva cosa sarebbe accaduto lassú, non riusciva a prevedere l'imprevedibile corso degli eventi né a pensare come sarebbe stato meglio agire. Sapeva solo che non c'era scampo, ma lo stesso voleva vedere quell'incontro che non si poteva evitare.

Eurinome andò con lei. Conosceva quel tormento, perché era anche il suo. Non era giusto lasciarla sola. E insieme volarono sull'Olimpo prima che Efesto arrivasse.

Lo videro quando superò le nuvole.

E fu come se, solo allora, immedesimandosi nella sua emozione, vedessero l'Olimpo. Capirono che quel monte è una terra staccata dal resto della terra, un'altezza che va oltre. E supera ogni pensiero.

3.

Un silenzio assoluto. Solo negli abissi c'era un silenzio cosí. Ma qui poteva sentire il ritmo del suo respiro.

Efesto saliva, era quasi in cima. Vedeva avvallamenti scuri e poi di colpo ripide pareti illuminate, e tante vette. L'Olimpo non finiva in un'unica montagna solitaria, ma era questo: una catena di innumerevoli cime che si rincorrevano l'un l'altra.

Ogni tanto colpi di luce improvvisa, bagliori del sole che si riflettevano sulla pietra. Una luce breve, trattenuta, come se giocasse a non farsi vedere ancora e non volesse nascondersi del tutto.

Una delle cime piú lontane era la piú alta. Isolata, andava dritta come una lama al cielo. Efesto la guardò, con un tremore che non si spiegava. Non sapeva ancora che era la dimora di Zeus.

L'ultimo tratto lo fece senza camminare. Sentí un colpo di vento e qualcuno che lo affiancava e che ora lo teneva saldo per un braccio, sollevandolo da terra. Gli toglieva il peso. Senza vedere, senza capire, prese velocità. Sentiva l'aria sferzargli la pelle, gli occhi lacrimare. Durò un attimo, quasi niente. Sulla soglia quella presenza misteriosa si staccò da lui, lasciò che la varcasse da solo, e sparí, prima che lui potesse chiedergli chi era.

Comparvero fanciulle divine, a spostare una grossa nuvola che faceva da porta. Era l'ingresso dell'Olimpo, e quelle erano le Ore, le figlie di Zeus che governano l'avvicendarsi del tempo sulla Terra.

Efesto oltrepassò la nuvola-porta e si fermò, appoggiandosi ai suoi bastoni.

Non vide piú niente. I suoi occhi erano annientati da una luce soverchiante, che avvolgeva tutto in un bianco uguale e compatto. Come la nebbia che sale dai fiumi in autunno nelle regioni umide e piovose. Ma sfolgorante.

E un canto. C'era un brusio diffuso fatto di risate appena soffocate, spezzoni di frasi, sillabe sperse; eppure quel canto si elevava sopra tutto e non finiva. Non proveniva da nessuna parte ed era ovunque.

Nessuno si fece avanti né gli venne incontro.

Ma a poco a poco da quel mare di nulla emersero gli dèi. Come se fossero lí da sempre, e solo quella luce esorbitante li avesse resi invisibili.

Hanno tutti una coppa in mano, gli pare che la alzino invitandolo a unirsi alla loro festa.

Sorridono. Hanno sorrisi fermi, che non passano.

Hanno corpi grandi, scolpiti e levigati. Una bellezza che lui, col fuoco, nelle forme che riesce a torcere, non riuscirà mai a eguagliare. La bellezza delle dee, sopra ogni altra cosa. Le dee fluttuanti e luminose, imprendibili. La loro scia di profumo. Le vesti iridescenti, leggere come l'aria.

E i gesti. I gesti ampi e lenti che gli dèi compiono. Le distanze enormi che colmano in un baleno. Pur muovendosi con lentezza estrema, come se anche solo alzare un braccio volesse un tempo senza fine.

Girano, vagano da una parte all'altra. O stanno seduti, mollemente distesi su cuscini, e si parlano, fitto, ogni tanto fanno cadere una risata, un ammicco. O non si parlano. Socchiudono le palpebre... Le loro palpebre. Anche questo è un movimento lungo, un'onda che arriva da lontano e copre la luce, le pupille. Hanno pupille enormi, spalancate, che per quell'attimo si eclissano e poi si riaprono mandando bagliori.

Gli occhi. Gli occhi degli dèi sono vuoti perché contengono l'universo.

Ma Zeus?

Chi è tra loro Zeus, come riconoscerlo? E la potente Era, perché non è lí ad accoglierlo? E Teti e Eurinome, dove si sono nascoste?

Efesto non sapeva distinguere i volti, le figure. Si perse. Come se gli dèi tutti insieme fossero un unico dio, moltiplicato all'infinito.

Il primo che gli si avvicinò volava. Efesto si ritrovò il suo corpo accanto, snello, giovane come un ragazzo, i riccioli d'oro sulle spalle trattenuti da un cerchio scintillante. Lo sovrastava. Gli parlò nell'orecchio e fu un soffio leggero.

– Ermes ti saluta, fabbro. Onore alla tua arte!

Avrebbe voluto ringraziarlo, rivolgergli domande, chiedergli di non lasciarlo solo. Ma il dio si allontanò veloce come avesse le ali. E solo allora, guardandolo andar via, Efesto riconobbe colui che nell'ultimo tratto della salita gli si era messo accanto per sollevare il peso dei suoi passi.

Ermes, il dio messaggero padrone dell'aria, lo aveva a lungo guardato salire; da lontano, non visto, aveva accompagnato tutta la sua scalata all'Olimpo, e nell'ultimo tratto non aveva resistito e lo aveva portato su, leggero, affidandolo al suo volo.

La musica intanto s'era fatta piú vicina. Efesto cercò con gli occhi il punto da dove proveniva. E scorse un dio che se ne stava in disparte, giovane, imberbe, di una bellezza radiosa e accigliata insieme. Seduto su una roccia suonava uno strumento a corde. E sulla schiena portava una faretra, la punta delle frecce sbucava dalle spalle. Un dio che aveva due nature? Intorno a lui nove fanciulle, giovani dee. Erano loro a cantare il canto che non finiva. Efesto cercò di coglierne le parole, perché sentiva che un racconto si snodava da quelle voci. Ma lo perse, la sua mente era frastornata.

Fu preso da vertigine, cercò l'appoggio dei suoi bastoni. E per un attimo di cui nessuno s'avvide, barcollò.

4.

Sono qui, in un angolo buio, nascosta insieme a Eurinome. Non puoi vedermi, ma io ti vedo. Sei arrivato, finalmente. Ti aspettavo.

Ti perdi a guardarti intorno, e non hai occhi abbastanza. Non sai che fare, guardi. Mi chiedo come ti appaia il regno degli dèi. È solo una montagna, un massiccio dalle mille cime che trapassano le nuvole e diventano invisibili. Ma tu chissà come lo vedi, come t'incanta.

Sei confuso, e stanco. Cerco di cogliere i segni della tua fatica, quanto devi aver penato per giungere fino a qui. La tua volontà testarda, la forza che solo un dio possiede. Tutta questa bellezza che non hai mai visto, e che sarebbe tua. Tuo l'Olimpo, il regno che ti spetta. Se non ne fossi stato cacciato.

Vedo come ti meraviglia questa luce, e il canto. Vorrei dirti che sono le Muse a cantare. Sei cosí ignaro... Vorrei dirtelo, ma non ti sono a fianco. Ora per me sei un estraneo, solo un fabbro molto bravo che ho portato fin qui per lei. Lei, che tutto comanda. Ignara. Anche lei ignara... Eppure lei ti prenderà, lo so, e io non sarò mai piú tua madre.

Sappi che sono figlie di Zeus, le Muse. Le ha generate con Mnemosine, pensa che strano: le Muse portano l'oblio nel mondo, cantano e danzano perché i mortali possano dimenticare ciò che li fa soffrire, e sono figlie della dea Memoria... Non è bellissimo? A noi invece le Muse raccontano di continuo le nostre origini e la nostra storia, da dove veniamo, le imprese che abbiamo compiuto. Noi non abbiamo mali da dimenticare, ma il nostro male è dimenticare: le Muse cantano per ricordarci che anche noi abbiamo un passato, cantano perché la memoria non ci abbandoni.

Ora però mi avvicino, non ti lascio solo. Devo distoglierti da questa tua immobilità estatica, che ti confonde. Gli dèi ti osservano, stupiti, divertiti. Ma è per un attimo, poi subito pensano ad altro. Si chiedono e non si chiedono chi sei, perché sei qui. Per noi è tutto un gioco. Nulla deve turbare il piacere dei nostri banchetti eterni. Beviamo, ebbri, innalziamo le nostre coppe all'ospite sconosciuto. Gli riversiamo addosso sguardi incuriositi, insieme alla nostra infinita indifferenza. Ci prendono fino a un certo punto, le novità. La nostra vita è oltre, passa da un capriccio all'altro, e poi sorvola.

Ti raggiungo. Ti sfioro la mano, perché tu venga con me. Ti conduco al centro della grande sala circolare, che non ha pareti. Qui è tutto senza confini.

Sei spaesato, ma mi segui. Inizi a camminare, e la difformità dei tuoi passi rimbomba in un suono sgraziato... Mi dispiace. Non potevo impedirlo. Gli dèi si accorgono che zoppichi. E un coro di meraviglia si diffonde, tra le cime innumerevoli.

Ma ora, di colpo, si fa silenzio. Lo senti? Il dio Silenzio è arrivato, il dio creato perché il rumore del mondo trovi pausa, ogni tanto. Comincia ad aggirarsi tra di noi, col dito posato sulla bocca. E cessa ogni voce. Rimane solo il canto delle Muse, accompagnato da Apollo, il dio che regna sulla luce, la bellezza, la poesia, e dispensa la morte con le sue frecce.

Aspetta... eccola che avanza.

È lei, Efesto: Era ci viene incontro.

La sua figura maestosa si staglia davanti a tutti, e inizia a parlare. Porta una corona e una veste lunga fino ai piedi, candida, che le lascia nude le rotonde spalle.

Io mi faccio di lato, ma è a me che si rivolge:

– Teti, mia cara. Finalmente mi hai portato il famoso fabbro, l'occulto artefice, colui che ci nascondi negli anfratti dei tuoi abissi.

Ride mentre parla, ma lo sguardo è severo. Ti vedo immobile a fissare quegli occhi, attonito, rapito. Se tu sapessi… Ma non sai. Ora lei si avvicina a te, la voce bassa, profonda.

– Chi sei?

La domanda fatale. Non poteva non essere. E a me risuona dentro la risposta vera, impronunciabile: Sono tuo figlio. Ma non puoi dirlo. Hai solo un nome, innocente, che a lei non dirà nulla.

– Mi chiamo Efesto, signora degli immortali.

Silenzio.

Era si prende un tempo lungo per osservarti, ti gira intorno, ti squadra.

Tremo.

Quando lei non parla non è dato conoscere i suoi pensieri. Sto attenta a ogni minimo segnale. Ho paura che ti riconosca, che qualcosa di te la turbi riannodandole i ricordi. Ma no, nulla le sfiora i lineamenti alteri, lo sguardo sicuro. Mostra solo fierezza, e l'orgoglio di ottenere quel che vuole.

– Vieni avanti, Efesto.

Fai solo pochi passi, malfermi. Sei davanti alla dea piú grande dell'Olimpo, non osi accorciare la distanza, lo vedo. Accenni un inchino lento con la testa. La tua umiltà devota mi addolora, è una reverenza che non le è dovuta, che non merita.

– Benvenuto sull'Olimpo! – finalmente ti concede il saluto. – Quali doni mi hai portato, frutto della tua arte, sublime fonditore di metalli?

Sei stordito dalle parole che ti elogiano, tu che vivi nel buio, chiuso negli abissi, sconosciuto a tutti, qui.

Negli abissi tutti sanno chi sei, indossano i tuoi gioielli, le spade, i calzari, le fibbie d'oro che crei per loro. Ma quassú nessuno conosce il fabbro sottomarino, il suo valore. Efesto è un nome che risuona vuoto.

Le mostri i gioielli, vedo la tua emozione. Io so con quanta fatica e amore li hai creati, ti rivedo al lavoro nella tua fucina, i bagliori delle fiamme che si stampano sull'ombra umida della roccia.

A uno a uno li offri a Era, glieli porgi come oggetti fragili, con delicatezza. E lei non smette di lodarli, a uno a uno.

Per ultima le dai la spilla, la ragione per cui ti ha voluto qui. È una stella. Una stella marina d'argento, che poggia sulle onde di un piccolo mare in tempesta.

Lo sguardo di Era, per una frazione minima di tempo, si adombra. Qualcosa di quel gioiello non le torna. Se lo ricorda diverso, addosso a me? Ora si volta a guardarmi, scruta invano la veste che indosso: non ho gioielli, la spilla con la ninfa inginocchiata non l'ho messa. La prova del confronto non ha luogo, e cosí la bellezza del tuo gioiello la conquista. Eccola che si sofferma sulla perfetta miniatura delle onde.

– Com'è che sai fare cosí bene il mare? Devi conoscerlo a fondo, Efesto. Dove vivi?

Cosí ti chiede, e io chiudo gli occhi per non ascoltare la risposta.

– Vivo dove sono stato trovato.

Spero che tu non dica altro.

– E dove sarebbe questo luogo che non nomini?

Rabbrividisco. Per fortuna Eurinome viene in soccorso, s'intromette, trova una frase per distrarre Era:

– Mia cara Era, lascia che apponga la spilla sulla tua veste. Sono felice che il nostro fabbro abbia esaudito i tuoi desideri.

– Il vostro fabbro… Ebbene sí, un brindisi al vostro fabbro zoppo, che sia il benvenuto tra gli dèi dell'Olimpo!

Tutti ridono, gli dèi beati, levando in alto le coppe.

Come osi rivolgerti con tanto scherno a lui, penso io. Quanto vorrei che tu sapessi chi è, questo fabbro che ti piace chiamare zoppo. Devi sapere quale figlio hai rifiutato. Devi soffrire…

Il suo sguardo ora torna severo, la voce imperiosa.

– Ma siamo ben lungi dal colmare i miei desideri, mia cara, – dice Era a Eurinome. – Ora voglio che il vostro fabbro zoppo costruisca per me un trono. E voglio che risplenda piú delle stelle che illuminano le notti.

Ecco, adesso ho paura di quel che stai per dire. Ma non lo posso evitare. Sento la tua felicità fremere accanto a me, il tuo cuore colmo di un'intima soddisfazione. So che non vedi l'ora di mostrarle quel che sei, di mettere ai suoi piedi la tua bravura.

– Lo avrai, – rispondi. – Avrai il trono piú splendente, tu che governi il mondo.

Il dio Silenzio si ritrae, ha concluso il compito. La sua figura a poco a poco sbiadisce, arretra, e nella sala tornano le voci e i rumori. Gli dèi riprendono il banchetto che non ha mai fine.

La sera scolora il cielo, annuncia le stelle. L'unico segno che abbiamo per misurare il tempo, Efesto, è l'avvicendarsi del giorno con la notte. Null'altro muta, qui da noi. Le stagioni non hanno corso, dove abitano coloro che vivono per sempre.

5.

Prima non s'era mai chiesto se viveva bene o male, se era felice o no. Ma quando salí all'Olimpo, Efesto si accorse di quel che non aveva. Avvertí la spina di una mancanza, e cominciò a essere infelice.

Pioveva, mentre faceva la strada in discesa. Trovò un posto comodo, tra il bosco e la pianura, e se ne stette seduto a prendere la pioggia, per giorni.

Quando tornò in fondo al mare, parlò alle sue madri:

– Voglio vivere sull'Olimpo.

Fine. Da quella frase non si mosse. Diventò il suo tormento.

Teti e Eurinome lo vedevano allegro e triste allo stesso tempo. Non sapevano cosa fare. Difficile dire a un esule che non vivrà mai nella sua terra. Ma nessuno può rovinare il sogno altrui, anche se lo ritiene irrealizzabile. Nessuno conosce le strade impervie ma imprevedibili di un sogno, neanche un dio.

Efesto si buttò con furia a lavorare. Se avesse realizzato un'opera mirabile per Era, forse si sarebbe guadagnato la via per l'Olimpo.

Batteva sul ferro rovente, assottigliava una lama. Teti era sulla soglia della fucina, lo vedeva raggiante e inquieto. Gli era rimasta addosso quella felicità, di esser stato sull'Olimpo, di essere stato ammesso tra gli dèi.

– Peccato solo non aver visto Zeus... È lui che non ha voluto manifestarsi davanti a me o sono io che non ho saputo riconoscerlo?

– Non era lí, Efesto. Abita la cima piú alta dell'Olimpo. L'hai vista, come si innalza. Zeus ha bisogno dell'altezza. E non sempre partecipa al consesso degli dèi: anche la solitudine è potere.

Ne parlava di continuo, dell'Olimpo. Aveva un bisogno, una voglia di tornare a quei momenti, di ripeterli in parole. Raccontava l'orgoglio che aveva provato quando Era gli aveva parlato, quando gli aveva chiesto un'altra opera. Lei, la signora degli dèi. Splendente.

– Che portamento maestoso! – diceva, sull'onda del sogno che continuava a rivivere.

Portamento maestoso? Teti tratteneva a stento rabbia e dolore. Nella sua mente continuava a ripetersi un'altra scena, il gesto ignobile di Era che afferra per i piedi il figlio appena nato e lo lancia nel vuoto.

Il trono intanto era quasi pronto.

Mancavano le ultime rifiniture, ma le due ninfe non lo avevano ancora visto. Efesto non voleva mostrarlo, e non ne parlava. L'opera ha bisogno di silenzio, mentre si va compiendo. Gli sguardi e le parole interrompono il mistero.

Eurinome lasciava che le cose andassero come dovevano. Vedeva anche il lato positivo: Efesto non aveva mai vissuto un tale furore creativo e una cosí grande fiducia in se stesso. Non era piú il ragazzo cupo e introverso, avvolto in un suo groviglio rabbioso; ora aveva visto l'Olimpo, conosceva l'aria tersa, l'altezza che sovrasta il mondo. E voleva tornarci, grazie a quel che sapeva fare.

– Non vedi come è sereno? – diceva Eurinome a Teti.

– È una serenità che paga con la menzogna. Efesto vive nella menzogna che io gli ho imposto.

Cessarono i rumori, a un certo punto: il battere del martello, l'incidere dei punteruoli, lo stridore delle lime. Il mantice smise di soffiare. Teti e Eurinome videro i bagliori spegnersi gradualmente.

Efesto uscí dalla fucina, coperto di un olio nerastro, il volto arrossato. Gli sfavillavano gli occhi. Aveva finito.

Teneva ancora in mano la grossa lima, da usare per le ultime rifiniture, una lama argentea e affilata.

Le invitò a entrare. Era la prima volta.

Teti e Eurinome videro finalmente il suo segreto, il luogo dove aveva vissuto nove anni, affinando la sua arte. L'antro misterioso. Era una grotta enorme. L'aveva scavata lui nel tempo, aumentandone l'ampiezza e creando anfratti, cunicoli, stanze seminascoste che si aprivano l'una nell'altra. L'aveva fatta altissima, la volta s'innalzava sfuggendo alla vista. Era buio, un buio viscido, illuminato dall'umidità bluastra. E c'era un calore insopportabile, il fuoco che si incanalava in un camino di enormi proporzioni non era mai spento. Intorno gli arnesi sparsi, blocchi di metallo, opere non finite. Tutto ricoperto da una polvere nera, a tratti luccicante.

Poi lo videro, di lato, il trono. Splendeva, nel mezzo di quel buio, illuminava tutt'intorno le pareti della roccia.

Le due ninfe si avvicinarono. Era d'oro, con gemme incastonate e figure sbalzate nel metallo, alberi, uccelli, pesci, divinità dai corpi perfetti che danzavano, tiravano con l'arco, alzavano le coppe; e sopra tutto, in alto sullo schienale, le stelle tra la luna e il sole.

Lodarono molto l'opera, ma si accorsero che le parole non bastavano. Era una bellezza che travalicava ogni possibile espressione, si depositava direttamente nel cuore e lí voleva stare, in silenzio. Perché anche dopo che vengono concluse le opere hanno bisogno di silenzio, il silenzio estatico di chi le ammira. Teti si avvicinò a guardare meglio le infinite miniature. I braccioli, che portavano scolpito il rincorrersi delle onde sulla rena.

– Hai fatto persino il mare… – disse.

– Il mare piace a Era, non ricordate quanto ha lodato la mia spilla?

Era un trono massiccio e altissimo, in basso due gradini permettevano di salirci. Teti si fece avanti e allungò una mano sul bracciolo; cercava una vicinanza sensuale, voleva sentire la morbidezza dell'oro, la rotondità dei rilievi. E pose il piede sul primo gradino. Per vedere l'effetto, per sapere cosa si provava a sedere su tale meraviglia. Orgogliosa come una madre, desiderava far parte di tanta bellezza, non solo ammirarla.

Ma Efesto la bloccò, e la sua voce era alterata.

– Fermati, non puoi! Il trono è suo, non profanarlo!

Teti ritrasse il piede. Impallidí.

Efesto la allontanava. Lei che lo aveva allevato con amore, che lo aveva vegliato consolando i suoi incubi. Di nuovo l'immagine del gesto orribile la invase, non riusciva a strapparsela dalla mente: il suo Efesto allontanava lei e portava quel trono splendido a Era, l'unica al mondo che non lo meritava.

Teti lo sapeva fin dall'inizio, aveva già provato quella fitta di dolore quando Efesto aveva annunciato a Era che le avrebbe forgiato il trono che voleva. Ma ora che l'opera le stava davanti agli occhi in tutta la sua bellezza, la realtà le venne addosso, una valanga che non riusciva a fermare.

– L'ho fatto per lei, capisci… – aggiunse Efesto, abbassando la voce, quasi parlando a se stesso. – Voglio che sia lei la prima, l'unica, a usarlo. Le è dovuto. D'ora in poi dominerà l'Olimpo sedendo sul trono che io le ho forgiato. Sarò con lei come posso, attraverso la mia opera. Mi sembrerà, almeno un po', di essere al suo fianco.

Era troppo. Teti tremava. Non era rabbia, la sua. Era disperazione e pena, per quel figlio ignaro e cosí innocente. Mai come in quel momento le sembrò atroce che lui non sapesse, un'ingiustizia immensa che non meritava. Quando lo vide accanto al trono, maestoso e deforme, artista glorioso e figlio rifiutato, non si trattenne.

Le parole le uscirono cosí, improvvise, non meditate. Venivano da dentro, soffocate troppo a lungo. Suo padre in fondo era Nereo, il dio costretto a dire sempre ciò che è vero. Era un destino, Teti non poteva protrarre oltre l'inganno: sapere è una condanna ma anche un diritto, e a quel punto negò a Efesto la pietà di non sapere. Senza che nemmeno se ne rendesse conto, le parole uscirono e rimbombarono nella caverna. La verità trovò la via e si mostrò in tutta la sua crudezza.

– Ti ha scagliato giú dall'Olimpo.

Efesto si voltò.

– Chi?

Non ci fu bisogno di risposta, era fin troppo chiaro.

Teti chinò lo sguardo. Atterrita dalle sue parole, che non poteva rimangiarsi. E ne aggiunse altre, ancora piú terribili, perché non riusciva a trattenerle:

– Ti ha partorito e ti ha buttato nel vuoto.

Efesto strinse la lama che teneva ancora in mano, fino a ferirsi.

– È lei tua madre.

Colava il sangue, dalla mano. Colorò l'acqua degli abissi.

6.

Seguirono giorni che non si distinguevano dalle notti, erano un unico buio. Efesto non uscí mai dalla fucina. Si sentivano provenire da lí colpi spaventosi, il battere furioso del martello; si vedevano fiamme divorare l'aria e disegnare ombre serpentine sulle rocce.

Batté il metallo e alimentò il fuoco, ininterrottamente, per un tempo lunghissimo, che si avvolgeva su se stesso in un nastro stritolante.

Eurinome si chiuse in un silenzio sdegnoso. Era turbata dal comportamento di Teti, e preoccupata per Efesto.

– Perché glielo hai detto?

– Si può non dire ciò che è vero?

– Certo che si può. Tutti l'hanno fatto, di non dirgli niente. Fama che tutto spiffera, Iris la messaggera alata, Ermes e persino Elios che tutto vede. Nessuno ha squarciato il velo, tutti lo hanno risparmiato. Anche noi lo abbiamo protetto per tutti questi anni, e poi...

– Che cosa sono gli anni? Solo un inganno. Il tempo non passa mai, Eurinome. Siamo sempre lí, al punto iniziale, a quel bambino caduto dal cielo. Non si poteva ignorare.

– Si poteva andare oltre. Dimmi perché non hai taciuto.

– Doveva sapere.

– Avevamo giurato di mantenere il segreto.

– Sbagliavamo. Ora almeno sa chi è sua madre.

– Ora sa che sua madre lo ha gettato via.

– È giusto cosí. Sarà padrone della sua vita.

– Non te l'ha mai chiesto chi era sua madre.

– Se me l'avesse chiesto avrei potuto mentire. Si può mentire, ma non si può non dire la verità. Verità è ciò che non si nasconde.

– Ma è sempre un dovere rivelarla, e un diritto conoscerla? Ne sei sicura?

– Una vita nella menzogna non è una vita che vale la pena vivere.

Cosí continuava a rispondere Teti. Inutile parlarne, i suoi argomenti erano sempre gli stessi. Ma c'era un patto tra di loro che lei aveva infranto da sola, senza chiedere a Eurinome se era d'accordo. Teti non era pentita di aver parlato, non aveva dubbi di aver agito per il meglio. Ma Eurinome era angosciata per Efesto, per quel che sarebbe successo e che non riusciva a prevedere.

Attendevano, le due dee. Non sapevano cosa, ma stavano in attesa. Oppresse da quei rumori sordi che venivano dalla fucina, insopportabili. Non potevano intuire cosa stesse facendo, se distruggeva il trono con la furia del suo dolore o mandava colpi a vuoto per sfogare la sua rabbia. Sapevano solo che non potevano far niente, se non aspettarlo.

Quando Efesto ne uscí, era un mostro di sofferenza: gli occhi rossi e lacrimanti, la pelle bruciata e ricoperta di un sudore denso e nero, i muscoli arresi a una fatica immane.

– Sono pronto, – disse.

E nessuna delle due capí.

Accanto a lui il trono, intatto. Lo stesso identico trono che aveva mostrato loro prima di sapere. Meraviglioso, splendente. Dove si era abbattuta la sua furia? Dove aveva nascosto la sua disperazione?

– Sono pronto, – ripeté.

Capirono che intendeva salire di nuovo sull'Olimpo, per consegnare il trono a chi gliel'aveva chiesto. Il senso del dovere, l'impossibilità di disobbedire… possibile che avessero vinto? E cosa avrebbe detto, offrendo il trono alla madre che lo aveva rifiutato? O era riuscito a reprimere il dolore e aveva raggiunto la divina indifferenza, o era capace di dissimulare, e segretamente stava covando...

Lo osservavano, cercavano di sondare il suo animo attraverso le espressioni del volto, le contratture dei muscoli. Ma nulla traspariva. Efesto era immobile come una statua, freddo come il metallo.

Tennero per sé domande e stupore. Non gli chiesero perché avesse deciso di portare ugualmente il trono a Era, ora che sapeva quel che gli aveva fatto; perché cosí caparbio eseguisse il suo ordine e si arrendesse al suo volere.

Non capirono che il cuore cova vendette piú atroci della mente. Restarono divise, chiusa ognuna nelle proprie convinzioni.

– Non deve tornare sull'Olimpo, – diceva Eurinome.

– È il suo sogno. Ed è il suo regno.

– È il sogno che gli è precluso, il regno da cui l'hanno cacciato. Meglio che non lo riveda mai piú.

Invece no. Teti pensava fosse giusto che ci tornasse, se cosí aveva scelto. Aveva deciso, finalmente aveva potuto decidere! La prima volta ci era andato sulla scia del loro inganno, ora invece sapeva e poteva seguire la sua volontà. Se voleva offrire un dono a quella madre indegna, che lo facesse. Lei lo aveva reso libero, dicendogli la verità.

Era fiera di questo.

Efesto usò il potere di un dio, per salire, ora che sapeva di essere un dio. Si spostò di luogo, senza un movimento. Come si spostano gli dèi visitando le terre e i mari.

Solo l'ultimo tratto lo volle fare a piedi. Là dove iniziavano le nuvole, fermò il suo volo e cominciò a salire. Voleva entrare nel fosco opaco delle nuvole, non vedere, non sentire. Stare avvolto, e salire, fino a incontrare il cielo. Aveva bisogno del cielo.

Oltrepassata la coltre di nubi, si trovò nell'aria tersa. Respirò. Lasciò entrare l'aria, a percorrergli le vene, a irrorargli la mente. Chiuse gli occhi.

E provò a cadere.

Non si mosse, cadeva nel pensiero, nel ricordo. Precipitava. E di colpo si ritrovava. Era lui quel bambino che cadeva e sprofondava.

Cercò di vedere l'inizio, lo sguardo di sua madre che lo estrae da sé e si posa su di lui. Cercò di entrare nel corpo da cui era appena uscito per incominciare a vivere, di vedere il suo rifiuto. E la vide, la smorfia della madre che non vuole il figlio, e ne restò annientato.

Non ho provato niente, quando mi hai buttato via scagliandomi da queste cime. Ma un attimo prima sí, quando mi hai guardato. La prima volta che mi vedevi. Io, tuo figlio... Te l'ho letto negli occhi, il disgusto, la rabbia perché non ero come volevi...

Smise di salire e si fermò.

Volava un'aquila.

La porta-nuvola si aprí per lui. Questa volta non esitò. Nessuna meraviglia lo incantava, nessuna timidezza lo immobilizzava. Entrava in un mondo che conosceva, e ora sapeva che era il suo, e anche che gli era stato precluso. Lo aveva tanto sognato, e adesso che ci poteva entrare soffriva di un'esclusione che apparteneva al passato.

Ma il passato non smette di far male. Si sentiva forte, e inadeguato.

Entrò come un clandestino che non ha diritti. Entrò con la forza di una vendetta. Il suo passo sciancato squarciò la sinfonia dell'Olimpo, un suono asimmetrico e stonato rimbombò nell'aria e ruppe l'armonia celeste.

Gli dèi si voltarono.

Zeus per primo, che aveva lasciato la sua dimora solitaria sulla vetta piú alta. Ovunque fossero, gli dèi, qualunque cosa stessero facendo, spensero le loro voci, smisero i gesti. E diressero gli sguardi a lui.

L'aquila si posò, riposando le ali smisurate. E anche lei rimase a guardare.

Teti e Eurinome, al riparo in un angolo nascosto, non viste, trattenevano il respiro.

– Ti ho portato il trono che mi hai chiesto, regina. Perché tu abbia quel che meriti.

Le parole di Efesto rimbombarono piú dei suoi passi storti, nella sala che non aveva pareti.

Era gli venne incontro, radiosa. Non vide gli occhi pieni di fuoco, non si accorse della forza cattiva che gli serrava i muscoli. Lo ringraziò. E molto lo lodò per l'opera, perfetta, magnifica. Splendente! Non percepí la minaccia delle sue ultime parole, la scambiò per lusinga, anche quando Efesto le ripeté:

– A te, Era, la piú potente e saggia. Perché tu abbia quel che meriti.

La dea dalle braccia bianche gongolò di orgoglio. Efesto la guardò per un momento. Alta, bruna, di una bellezza severa e maestosa. Vide che sulla veste stava appuntata la sua spilla, la stella marina che si posa sulle onde.

– Siediti, regina! Prova la mia opera.

Era salí i gradini e si sedette sul trono.

Posò le mani sui braccioli dorati, dov'era ritratto il mare, tra pietre violacee e scarlatte.

Passò un soffio di tempo, solo un soffio.

E il meccanismo scattò.

Era si trovò imprigionata, braccia e gambe attanagliate in morse che, prima invisibili, erano apparse dal nulla a incatenarla.

Gridava, cercava di sciogliersi e divincolarsi dalla stretta, chiedeva aiuto. Implorava, la regina degli dèi. E ruggiva la sua rabbia impotente:

– Chi sei, cane rognoso? Tu che osi tanto, dimmi chi sei!

Efesto fece qualche passo. Non zoppicò. Si piazzò davanti a Era seduta in catene. La sovrastava, la copriva con la sua ombra, e il suo sguardo era di fiamme:

– Sono il figlio che non hai voluto.

7.

Gli dèi avevano riso di gusto a vedere la regina incatenata e urlante. Avevano pensato che fosse un gioco, e come ogni gioco sarebbe durato per un tempo lieve. Il tempo di una risata.

Ma alla parola «figlio» ammutolirono. Quale figlio?

Si volsero a guardare Zeus. Le chiome gli si scompigliavano sul capo immortale, gli occhi mandavano lampi.

Capirono che non era un gioco. La regina degli dèi aveva dunque partorito di nascosto? Ed era lui quel figlio, l'ospite deforme, il fabbro zoppo?

Era aveva smesso di gridare, dalla sua bocca uscivano solo deboli e sgraziati lamenti, e si agitava, convulsa, presa nella trappola del trono. Ma non diceva niente al figlio, nessuna parola a smentirlo o a discolparsi. Non posava su di lui nemmeno uno sguardo, come a negargli l'esistenza stessa. Cosí aveva fatto dall'inizio con il suo gesto scellerato, lo aveva cancellato dalla sua vita. E ora quel figlio che non esisteva da quali abissi della memoria osava emergere a turbarla? E per quale fine?

Maestoso e terribile, il figlio deforme si ergeva davanti alla regina dell'Olimpo, ridotta in catene ai suoi piedi. La osservava, e una luce crudele e triste gli attraversava lo sguardo.

Poi le parlò, il dio del fuoco. E di fuoco furono le sue parole.

– Legarti. Metterti in catene e vederti davanti a me imprigionata, pazza di rabbia, fragile, impotente, che non ti puoi piú muovere.

Questo era il mio desiderio, madre. Il desiderio del figlio che non sapevi di avere, perché l'hai buttato giú, negli abissi del cielo e del mare.
E adesso dimmi quel momento, raccontami: com'è stato? Mi hai guardato e cosa hai visto, quale bruttezza ti ha tanto disgustata? Sono stati gli occhi, troppo spenti per la tua luce? O le guance poco paffute, o i riccioli annodati, o il colore arrossato della mia pelle?
Che cosa di me, madre, ti è spiaciuto cosí tanto da volermi allontanare da te appena nato? Abbi il coraggio, parla! È stato il mio corpo? Il mio corpo deforme e mostruoso. Avevo i piedi storti, le gambe gracili, una piú corta dell'altra, la schiena incrinata…
Sí, ero imperfetto.
Mi avevi fatto tu cosí, madre che non meriti il nome di madre. Sognavo solo di amarti. Ti ho sognata sempre nelle notti insonni, prima di conoscerti, prima di sapere, quando l'incubo di cadere mi svegliava inondato di pianto e non capivo. Invocavo il tuo aiuto, chiedevo a te di non farmi precipitare, di interrompere quella caduta che non finiva… Eri la mia salvezza, tu, madre sconosciuta. Ti davo ogni notte un nome, e un volto diverso e ogni volta piú bello, perché il tuo mi era ignoto ma sapevo che doveva essere bellissimo…
Non ho mai chiesto chi eri. Mi accontentavo di inventarti. E ora sogno di volerti male e distruggerti solo perché ti ho amata tanto. Non ho piú bisogno di te, adesso che ti conosco.
Ma voglio lasciarti un dono: voglio che tu sia come me, deforme. Che tu possa provare ora e per sempre l'impossibilità di muoverti, di camminare.
Sono un fabbro. Hai generato un dio cosí abile e ingegnoso da inventare il modo d'imprigionarti… Sono bravo, vero? E tu te lo sei perso, questo figlio cosí bravo.
Ora sono io che non ti voglio.

L'aquila volò via. In un attimo fu un punto irraggiungibile che volteggiando nei suoi giri in tondo spariva in cielo oltre le vette.

Tutto l'Olimpo tremò. E Silenzio, cupo, lo avvolse.

Efesto aveva parlato con una freddezza che feriva il cuore piú di una lama. La freddezza del metallo. Una volta lo aveva detto a Teti: Sai cos'è che mi piace? Vedere quando il metallo si raffredda. Non c'è materia piú fredda del metallo. Ma per raggiungere un grado tanto perfetto di freddezza, ha bisogno di fondersi con l'anima del fuoco e provare il brivido dell'incandescenza. La lama che raggiunse il cuore di Era veniva da quel fuoco.

La regina degli dèi rimase attonita. Zeus le si fece davanti, gigantesco, il petto gonfio di una rabbia che non tratteneva. Tuonò parole senza pietà.

– Maledetta cagna, chi è questo figlio non mio? Con chi l'hai fatto a mia insaputa? Parla, sciagurata!

Seduta sul trono che la tratteneva in catene, la dea rispose.

– Sei presuntuoso e insolente, Zeus, non hai limiti. Mi domini e mi tieni soggiogata senza diritto, e con i tuoi spudorati tradimenti mi offendi di continuo. Ho sopportato che tu spargessi il tuo seme ovunque, con chi hai voluto, generando figli non miei. Mi hai sempre disonorata, umiliata. Eppure ho le tue stesse origini, un potere pari al tuo quassú tra le cime olimpie. E in piú ti sono fedele, io. Come puoi? Non hai ritegno, non conosci misura. E ora vuoi sapere con chi ho generato questo figlio? Bene, te lo dico: con nessuno! Per punirti l'ho fatto da sola, crescendolo nel segreto del mio corpo e partorendolo con dolore.

– E osi pure vantartene? Guarda come sei ridotta... Questo tuo figlio disgraziato ti ha inflitto la pena che meritavi. Tu non puoi nulla senza di me. Hai un potere oscuro e sempre ostile, sei in grado solo di suscitar tempeste. Ecco cosa fai nascere... Guardalo, questo tuo figlio tempesta, che porta i segni della tua colpa e ha in sé il tuo buio.

Poi Zeus si rivolse a Efesto, e la sua voce trovava calma e lo sguardo veniva dal profondo.

– È un grande stupore conoscerti, figlio non mio e una grande pena. La tua rabbia è giusta, e il tuo dolore riempie di pianto l'universo. Ma solo a me tocca punire o assolvere. Io sono il signore che tutto governa, e miei sono anche i tuoi gesti. Non assolvo la mia sposa, ma non posso permettere che tu la punisca. Ti ordino di liberarla. Sei il dio da troppo tempo escluso ma solo quando l'avrai liberata avrai il tuo posto tra gli dèi.

– Signore degli dèi, padre non mio. Ti devo obbedienza, lo so, ma è impossibile per me obbedirti. Ho il cuore troppo offeso: anche se volessi, le mie mani si ribellerebbero. Perché le mie mani obbediscono al cuore.

Zeus impietrí.

Un'ombra scura offuscò il suo sguardo, e rimase muto e immobile per un attimo che sembrò eterno.

Poi di colpo lasciò la sala, per raggiungere la sua dimora sulla cima che piú alta svetta.

Gli dèi si ritrovarono soli, spersi, in preda a un forte turbamento. Gli dèi beati che non sono mai beati, perennemente scossi da dolori e sofferenze. Si sarebbero aspettati parole crude contro Efesto, e il verdetto di una terribile punizione: nessuno può disobbedire impunemente al signore dell'Olimpo. Invece Zeus era sembrato sopraffatto, davanti a quel dio storpio e infelice che gli era apparso dal nulla. Costretto a un'indecisione che sembrava un'impotenza, lui, che governava il mondo con un potere immenso, aveva preferito contenere la collera, portarsela via con sé prima che esplodesse, mettere distanza come se riconquistare la sua solitudine fosse l'unica soluzione.

Teti e Eurinome, nel loro nascondiglio, facevano scorrere le lacrime. Ora era chiaro cosa a lungo aveva nutrito in cuore, il loro figlio segreto, mentre furioso scioglieva i metalli al fuoco della sua fucina. La sua vendetta s'era mostrata, ed era atroce. E loro non sapevano che fare.

Teti meditava su come aiutare Efesto. Perché avrebbe dovuto sciogliere quelle catene? Era non aveva mostrato nessuna comprensione né pietà, di fronte al figlio sventurato. Non aveva addotto pretesti né mendicato attenuanti. Non si era pentita, non aveva chiesto scusa. Ma non liberarla era una scelta impossibile.

Eurinome invece se ne stava torva, covando dentro di sé un'accusa. Perché tutto quel dolore? Si sarebbe potuto evitare, se solo qualcuno non avesse ceduto al malsano impulso di rivelare la verità... In cuor suo rimproverava molto Teti.

Un dio si fece avanti. Con prepotenza, gigantesco nella sua armatura. Il passo pesante che rimbombava nella sala, lo sguardo feroce, pieno d'ira.

– Libererò io mia madre! Io sono suo figlio, non questo impostore che usa l'inganno per nascondere la sua brama di potere!

Ares, il figlio che Era aveva generato con Zeus. Il dio che ama la guerra, odioso agli uomini e agli dèi. Si avventò sul trono per scovare il meccanismo diabolico, abbattendo la sua forza bruta sugli ingranaggi, sui ferri che stringevano la presa.

Ma il lavoro di Efesto era occulto e sapiente. Ares fallí.

Era continuava a lamentarsi, altezzosa e insolente, a pretendere soccorso come le fosse dovuto. Pur ridotta all'impotenza e smascherata da quel figlio, non rinunciava a dare ordini.

Gli dèi stavano immobili, increduli. Era chiaro che solo Efesto fosse in grado di sciogliere quelle catene. Subito si misero a urlargli contro e a minacciarlo, ma alla fine, vinti da quella durezza che non si scioglieva, cambiarono voce. Si fecero lamentosi, e lo supplicarono.

– Sii clemente, dio del fuoco, smetti di tenere prigioniera tua madre!

– Madre? Io non conosco mia madre.
– Hai detto di essere suo figlio...
– Io sono suo figlio, ma lei non è mia madre.
Efesto non arretrava, nessuna preghiera poteva piegarlo.
Allora gli dèi stessi provarono a rompere quelle catene in ogni modo, alternandosi in un'assurda gara, ognuno usando le sue doti divine. Niente.

Infine Teti si fece forza e uscí dal nascondiglio, gli occhi pieni di pianto. Per prima cosa volle parlare a Era, perché non le perdonava tutto quel male e sentiva il bisogno di esprimere la sua condanna a colei che era sua amica e cosí orrendamente l'aveva delusa. Si chinò al suo orecchio, e guardandola dritto negli occhi bisbigliò con voce fioca parole che nessuno riuscí a sentire.

Parole inutili, che caddero nel nulla. Gli occhi di Era erano chiusi da un gelo che mandava bagliori di odio.

A fatica Teti si rimise in piedi, e tremante si rivolse a Efesto.

– Ti prego per l'amore che ci lega, libera la madre che non ti merita. Tu che conosci il dolore, sai anche avere pietà. Non negarmi questo, non a me, che ti ho trovato quando non avevi quasi piú vita e ti ho cresciuto. La tua innocenza risplende, non deve macchiarsi di nessuna crudeltà, anche se giusta.

Ma il cuore di Efesto non ascoltava suppliche, nemmeno quelle di Teti tanto amata. Il dolore, quando si vela di rabbia, offusca le ragioni del cuore e impedisce di vedere.
– Tu sei solo quella che mi ha trovato nel mare. Tu non sei niente, e io non ti devo niente.

Cosí osò dirle, accecato dalla pena per se stesso. Le conficcò quella lama tagliente. E Teti impallidí alle parole crudeli, che mai avrebbe pensato di ascoltare.

Ormai senza speranza, provò un gesto destinato a fallire. Anche lei cercò di liberare Era, si diede da fare attorno al trono per sciogliere il mistero di quelle catene. Invano. Le governava un ingranaggio imperscrutabile, che solo colui che lo aveva creato era in grado di smontare. Se avesse voluto. Se fosse stato ancora lí presente.

Ma Efesto aveva già lasciato il consesso degli dèi, l'alto Olimpo svettante sopra le nubi.

8.

Dioniso.

Fu quello il nome che si affacciò alla mente degli dèi. Solo lui poteva convincere Efesto a liberare Era. Aveva un potere infallibile, Dioniso dispensatore di follia: il vino.

Gli dèi si sparsero per il mondo intero. E ci misero un tempo lunghissimo, a cercarlo senza trovarlo, il dio errante, il viaggiatore.

Dioniso, che non abita l'Olimpo, è ovunque e in nessun posto, arriva sempre da lontano come uno straniero e appare dal nulla, inaspettato. E ovunque si manifesti gli alberi rinverdiscono, le belve perdono ferocia, i boschi ridono di luce vincendo l'ombra. Dioniso bacco, dio del rumore. Vaga per il mondo guidando il suo corteo di Satiri e Sileni, e baccanti sfrenate danzano per lui alla Luna, invase dall'ebbrezza.

L'unica speranza era lui. Il dio che obnubila le menti e stravolge la volontà. Si dispersero per il mondo, gli dèi presi da ansia e dolore; esplorarono tutte le terre note e ignote, senza trovarlo.

Solo alla fine lo cercarono a Tebe, la sua città natale. Il dio errante e ovunque straniero aveva finito le peregrinazioni. Dopo aver percorso tutta l'Asia, l'India e l'Arabia, era tornato nella terra di sua madre, a onorarne la memoria. Era un amore straziante, per quella madre mai conosciuta, morta troppo presto e in modo tremendo.

Lí lo trovarono gli dèi, a Tebe, nel posto dove fino all'ultimo non avevano pensato di cercarlo. E gli chiesero aiuto.

– Volete che riporti il dio zoppo sull'Olimpo? Pensate che io possa convincerlo a perdonare la madre che l'ha lanciato nel vuoto appena nato?

– No, pensiamo che tu possa ubriacarlo. E che ubriaco tu possa portarlo a sciogliere le catene che tengono sua madre imprigionata.

Dioniso accettò l'incarico.

Percorse il mondo e trovò Efesto che vagava su una spiaggia dimenticata. Non gli parlò subito. Lo vedeva stanco, scuro, adombrato. Lasciò che riposasse dalla fatica del viaggio, e del cuore. Solo dopo lo condusse con sé. Ma non lo riportò sull'Olimpo; tornarono insieme a Tebe, e quando furono davanti alla reggia di Cadmo gli parlò, a lungo.

– Dovrei dirti di liberare Era. Dovrei dirti: Che senso ha imprigionare una madre che non ti vuole? Ha già la sua pena, ed è tremenda: ti ha perso, senza averti mai avuto. Ma non voglio convincerti di niente, Efesto. Farai ciò che vorrai.

E poi, aiutare Era... proprio io! Era è la mia peggior nemica, è lei che ha ucciso mia madre giovane e innocente. Voleva uccidere anche me, e non riuscendoci ha reso la mia vita folle. Solo odio può avere da me, non certo aiuto! Sono nato qui, la prima volta da mia madre. Per questo Tebe mi è cara. La seconda volta sono nato in cielo, da mio padre Zeus. Sono il dio nato due volte, cosí mi conoscono nel mondo. Mia madre era Semele, figlia del re di Tebe Cadmo. Zeus la vede dall'alto, quand'è una giovane fanciulla; la desidera e scende ad amarla. In mille forme la ama, Zeus che per amore sempre si trasforma e inganna. E per amore le promette di esaudire qualunque suo desiderio.

Ma Era vive pazza di gelosia e non può tollerare questo tradimento, cosí ordisce la trama delirante della punizione. Assume le sembianze della nutrice di corte, e in quella veste suggerisce a mia madre la richiesta da rivolgere a Zeus: farsi amare da lui nella sua vera forma, la forma di-

vina con cui ama soltanto la sua consorte. Perché tu conosca che godimento è giacere con un dio, le dice.
Zeus s'incupisce, sa quel che non deve fare. Ma fedele alla promessa non può rifiutarsi. E viene ad amarla nella sua vera forma, sul carro infuocato dei tuoni e dei fulmini. E con una delle sue folgori, amandola, la incenerisce. Semele mi portava in grembo, da sei mesi. Riesce a partorirmi un istante prima di morire folgorata. Ma non sarei sopravvissuto se Zeus pietoso e pieno di dolore non mi avesse salvato: in quel momento afferra il mio corpicino e se lo cuce nella coscia, perché io possa nutrirmi e crescere fino alla fine. Lui è mio padre e mia madre insieme. A tempo debito scioglie la cucitura e mi estrae dalla coscia. Vengo affidato a Ermes che mi porta...
Ma la mia storia è lunga, Efesto, lasciamo andare. Ti risparmio le ulteriori crudeltà che mi ha inferto Era. Ti dico solo questo: non sarei il dio che sono, se fosse stato per Era. Comprendi ora il mio odio per lei, quanto è profondo... Ma è tua madre. E in questo dolore di non avere una madre, io e te ci assomigliamo.

– Tua madre ti avrebbe amato. La mia non mi ha voluto.

– Lo so. Un peso enorme ti schiaccia il cuore, e proprio al tuo cuore devi chiedere che cosa vuole. Mi dirai la risposta. Ma ora lasciami qui un poco, ho un compito. Ho rinunciato al mio aspetto divino e ho preso forma umana per venire dove mia madre ha vissuto la sua giovinezza. Qui c'è il suo sepolcro, e le macerie della stanza dove arse al fuoco di Zeus. Ogni tanto sento il bisogno di venire a ricordarla.

Efesto si prese il tempo per meditare, come Dioniso gli aveva consigliato. Ma non se ne andò lontano, rimase nei paraggi, a osservare il dio. Vide che stava immobile in quel luogo, teneva in mano un tralcio di vite. A un certo punto lo posò sul sepolcro, e rimase lí ancora a lungo, chino.

Quando capí che il dio aveva concluso il compito, Efesto lo affiancò. Prese un lungo respiro e gli disse:

– Va bene, andiamo. Riportami pure sull'Olimpo, ti seguirò. Non so ancora se libererò mia madre, il mio cuore non ha deciso. Ma non mi vieta di rivederla.

Prima di iniziare il viaggio, lasciò un fiore alla madre di Dioniso. Lo posò sul sepolcro, accanto al tralcio di vite. Era un umile fiore di campo, che aveva colto sul ciglio della strada in mezzo a un'erba folta.

Dioniso sorrise.

E allora sí, gli offrí del vino. E insieme bevvero a lungo, e ogni volta Dioniso gli versava altro vino. Perché almeno un po' trovasse pace, e si sciogliesse il grumo del suo dolore.

Ubriachi, intrapresero il cammino. Scelsero di non usare la velocità degli dèi, volevano un viaggio che durasse, un tempo dove stare soli, ognuno dentro di sé. Dioniso gli diede un mulo, per alleviare i suoi passi. E su quel mulo Efesto fece la maggior parte della salita.

Il dio rumoroso gli camminava accanto e stava in silenzio, per non turbare i suoi tumultuosi pensieri, in cui sperava di aver riposto un seme di serenità. Lui, il dio che aveva regalato all'uomo il seme della vite.

Gli dèi dell'Olimpo li accolsero con sollievo. Pensarono che Dioniso avesse vinto col vino, ubriacando Efesto, convinti che solo da ubriaco potesse concedere la libertà a una madre tanto ignobile.

Zeus era tornato per assistere alla liberazione della sua sposa. Sorrise a Dioniso, il figlio prediletto. Non gli chiese mai come avesse fatto a convincere Efesto ad abbattere i muri del suo dolore. Sapeva bene che i racconti danno un'ebbrezza ben maggiore del vino: era certo che non ubriacandolo lo avesse piegato, ma raccontandogli la storia di sua madre, la sua Semele tanto amata e cosí poco protetta.

Efesto si inginocchiò davanti a Era, che aveva smesso di sbraitare, e cominciò a trafficare intorno al trono. Trovava ingranaggi invisibili che solo lui sapeva sbloccare, e piano piano apriva tutte le chiusure.

All'ultimo, allentando le morse dei braccioli, posò lo sguardo sulle mani. Le mani di sua madre. Erano bianche e affaticate, percorse da lunghe vene colore del mare.

In un attimo sciolse anche quelle catene e la liberò.

9.

Gli dèi ripresero il banchetto eterno. Nessun'ombra turbava piú il loro vivere sereno. Si cibavano di nettare e ambrosia, ridevano levando in alto le loro coppe.

Zeus improvviso si levò tra di loro per parlare al dio zoppo.

– Non sei mio figlio, ma sei il figlio della mia sposa. Comunque lei abbia pensato di generarti, nei cunicoli malati della sua mente, e per quanto ti abbia strappato da sé gettandoti nel vuoto, sei suo figlio. Dunque io sarò tuo padre. Un padre che non sapeva di averti, e che soffre a vedere quanto ti è stato tolto. Non meritavi la sorte che lei ti ha inflitto. Ma ora l'Olimpo è tuo. Sarai il dodicesimo dio. E per quanto nulla potrà mai risarcirti, chiedimi quel che vuoi e ti sarà concesso.

Efesto si guardò intorno, in mezzo agli dèi che stavano sospesi. Lassú non vi era cosa che non fosse mirabile: ovunque si voltasse trovava qualcosa da desiderare, perché nulla lasciava spazio a difetto, cosí come nessuna nube velava mai il cielo sopra le cime olimpie.

Efesto non si risolveva, il suo sguardo vagava sperso.

Poi la vide.

Aveva in sé tutta la bellezza del mondo. E quella bellezza, che a lui fin dalla nascita non era stata concessa, da cui sempre si era sentito escluso e che poteva solo sperare di creare con la fatica delle sue mani, con l'energia del fuoco, nella finzione della sua arte, brillò davanti a lui, racchiusa in quell'unica figura, in quella dea che se ne stava appartata e che lui vedeva per la prima volta, come se non appartenesse all'Olimpo ma venisse da chissà quale altro mondo.

E non ebbe piú dubbi, il dio sciancato. La indicò col dito e disse:

– Lei!

Scese una meraviglia contratta, tra gli dèi. Tutti si volsero a guardare Zeus, certi di un suo rifiuto. Non era pensabile che accordasse a Efesto un dono tanto incongruo, smisurato, abnorme.

– Vuoi per te la dea piú bella dell'Olimpo?

– Voglio lei.

L'Olimpo trattenne il fiato. Un'ombra attraversò lo sguardo di Zeus. Ma ormai aveva promesso, e se lei era quel che il figlio non suo voleva, Zeus si sarebbe piegato: le promesse di un dio sono una strada da cui non si torna indietro.

– E sia, la avrai!

Un fragore di armi allora rimbombò sull'Olimpo, e un passo furente. Ares guerriero, signore di tutte le battaglie, Ares fuori di sé piombò tra gli dèi armato, con tutta la forza della sua giovinezza, i muscoli tesi e il volto pallido dall'ira, e in un lampo fu davanti a Zeus.

– Padre, non puoi farmi questo! Afrodite è mia...

La dea di amore e bellezza, solo a quel punto, arrestò il passo. Afrodite, che stava danzando nelle sue vesti leggere e fino a quel momento non era stata attenta, fermò la danza e si voltò. Non disse nulla. Afrodite nata dalla spuma del mare sorrise, non si capiva a chi.

Suo è il sorriso dell'universo.

10.

Efesto fu ammesso tra gli dèi olimpi.

Rimase un fabbro, non diventò mai veramente un dio, ma abitò il regno da cui era stato escluso.

Si costruí una fucina, gigantesca, alta che sembrava il cielo, e brillante di faville come se ci fossero le stelle anche di giorno. Gli dèi gli portarono in dono i metalli e lui edificò venti camini per purificarli e fonderli, e si costruí venti mantici per soffiare l'aria e raffreddarli, prima di torcerli a comporre le sue opere meravigliose.

Il primo lavoro fu per Zeus, il padre non suo che lo aveva accolto: fece per lui lo scettro, scolpito in oro. Non aveva bisogno di nulla per imporre il suo potere, Zeus: aveva le folgori che a piacimento scagliava sul mondo. Ma lui volle ugualmente costruirgli uno scettro, perché il suo potere fosse visibile anche quando decideva di non usarlo. E sebbene Zeus non dovesse proteggersi da nulla, Efesto prese la pelle di una capra e lavorandola gli costruí uno scudo, l'Egida, che gli ricordasse la sua Amaltea. Lei che col suo latte lo aveva nutrito, quando si nascondeva bambino e si preparava a prendere il regno di suo padre Crono. Lei da quel momento in poi lo avrebbe sempre accompagnato.

Tutti gli dèi venivano nella fucina stellata a onorarlo. Nessuno piú rideva dei suoi piedi ritorti, del suo passo sghembo. Lo lodavano per le doti di artista, per la genialità. Ma Efesto si schermiva:

– L'arte... quel che voi chiamate arte sono solo le mie mani. Guardatemi... Io non sono altro che mani.

E lo interrogavano, perché volevano sapere da dove veniva, come aveva cominciato a essere quel che era.

– Ero un bambino sempre seduto. Cos'altro potevo fare? Stare in piedi non era per me. Da seduto invece guardavo il fuoco, che scorre dentro la Terra e non c'è bisogno di cercare. Guardavo la potenza che scioglie ogni metallo, e mi faceva bene.

Non disse che era lui quel metallo, quella durezza che ogni volta al fuoco diventava liquida, un rivolo di luce incandescente che scorreva e che lui poteva rimodellare a suo piacere. Non disse – perché ancora non l'aveva capito pienamente – che ognuno è il fabbro di se stesso, se lo vuole. Ma il prezzo da pagare è alto: il dolore di lasciarsi sciogliere, il coraggio di prendere ogni volta nuove forme.

Si avvicinò Apollo, il dio ambiguo delle frecce e della cetra, il dio dei poeti e della luce.

– Le mani, dici. E cosí secondo te l'arte sarebbe solo costruzione?

– Non so cosa sia l'arte. Ma sí, so cosa vuol dire costruire.

– L'arte è quando il pensiero diventa musica.

– La tua musica vola via, non esiste... L'arte è costruire quel che prima non esisteva e poi esiste.

– Anche le parole costruiscono qualcosa che non c'è.

– Qualcosa che non puoi toccare, ti sto dicendo. Toccare, capisci?

E al dio perfetto come il marmo Efesto mostrava le sue mani bruciacchiate e scure, la pelle unta di un olio denso. Ma Apollo s'era voltato, era già altrove.

Efesto conversava volentieri. Solo di sua madre non parlava mai con nessuno. La osservava da lontano, quando poteva. Ma Era lo evitava, altezzosa se ne stava in disparte. A volte capitava incrociasse il suo sguardo per un tempo breve, poi subito volgeva il capo. Efesto non capiva se lo sdegnava o sentiva il bruciore di una colpa troppo grande che non sapeva governare. Cosí anche lui la evitava. Lavorava con foga, instancabile; metteva nel lavoro l'energia, perché i pensieri cupi si disperdessero.

Divenne il fabbro degli dèi. L'unico che lavorava, lassú dove la vita è un banchetto eterno. L'unico che stava rinchiuso e scuro, in quel cielo aperto e infinito dove nulla è mai buio, nemmeno la notte, rischiarata sempre dalle stelle.

Lavorava, e a ognuno degli dèi faceva dono di qualcosa che prima non avevano. Efesto, l'artista che colma il vuoto della mancanza.

Anche per la sua sposa creava gioielli sempre nuovi, cinture, corone, fibbie scolpite. E collane per adornarsi, che fossero degne del suo splendore. Ma Afrodite era sfuggente, ambigua. Era spuma marina, che continua a formarsi e subito si disfa in nulla. Gli sorrideva. Le era toccato il dio piú brutto dell'Olimpo, il fabbro deforme e zoppo, unto di sudore e arrossato dal fuoco, e lei cosa faceva? Sorrideva. Nascondeva il suo disgusto dietro al sorriso.

Venne da lui anche Ermes, il figlio di Zeus e Maia, il dio ladro e astuto che appena nato era fuggito dalla culla per andare a rubare i buoi a Apollo, il dio che aveva strappato il guscio a una tartaruga e ne aveva fatto una lira con cui suonava melodie dolcissime. Apollo lo aveva perdonato del furto, quando aveva sentito di che musica era capace. E Zeus l'aveva nominato messaggero degli dèi, perché quel dio amava viaggiare attraverso l'aria e sapeva combinare bene le parole.

Efesto è chiusura, distanza, profondità. Ermes invece è il tramite, l'anello che congiunge, il dio capace di stabilire legami dove non ci sono. Quand'è che due strade s'intersecano e diventano una sola? Ermes sentiva per il nuovo dio, il dio fabbro e sciancato, un trasporto, un legame misterioso che non sapeva di cosa fosse fatto, fin da quando lo aveva aiutato a salire la ripida parete dell'Olimpo.

Entrò nella fucina stellata e fu avvolto da un fumo denso, bruciante. Tossí, e ridendo si stropicciò gli occhi:

– Ehi, fabbro! Come fai a vivere qua dentro affumicato?

Vide il fuoco dispiegarsi in fiamme altissime, che si perdevano sulla volta. E rimase a osservare, estasiato di tanta arte, indispettito dalla fatica. Efesto si fermò, lanciandogli uno sguardo torvo.

– E tu come fai a non stare mai fermo, a svolazzartene sempre in giro?

Ermes è la leggerezza, la mobilità, la sintonia col mondo; volatile, imprendibile, inconcludente. Efesto è la dissonanza, l'attrito, la fatica, la mente concentrata; cupo, scontento, il passo storto che arranca per le vie del mondo. Il dio del fuoco e il dio dell'aria. Forse è per questo che diventarono amici. Perché la differenza unisce, non divide.

– Nessun dio si ammazza a lavorare, Efesto. Che razza di dio sei?

– Un dio che non sapeva di esserlo.

– E adesso che lo sai?

– Non mi aggiunge niente. Sono quel che ero.

– Un bel privilegio, fabbro! Ma almeno la notte smetti con questo fuoco? Dormi?

– Dovrei?

– Devi! Cosí potrò fare qualcosa per distrarti dalla tua fatica: ti porterò i sogni. Prendilo come un mio dono. Se me lo permetti…

– Tu puoi portare i sogni?

– È quel che faccio, deposito i sogni negli occhi di chi dorme.

– Allora sei tu che mi portavi l'incubo di cadere, rovinando le mie notti?

– Ehi, piano! Non ne so niente delle tue notti. E gli incubi non sono sogni, sono i nodi che la mente aggroviglia perché non riesce a districarli.

– La mia mente non è colpevole, Ermes. Mi mostrava com'ero nato, di quale mostro ero figlio… Mi voleva rivelare la verità.

– La verità è un lampo, amico mio. Per acchiapparla ci vuole una velocità che tu, lasciatelo dire, non hai…

A Ermes piaceva scherzare. Per lui le parole non erano cattive o buone, dolci o crudeli: erano un gioco. Si comportava come l'aria che mescola le foglie e si diverte a scomporre e ricomporre le dune dei deserti. Efesto lo lasciava dire, lo lasciava fare e disfare. Lo divertiva quel carattere mutevole e svagato, che non era il suo.

Fece per lui un elmo luccicante, e glielo diede in dono perché avesse una protezione quando andava per gli spazi immensi del cielo e della terra.

– Ehi, amico, hai paura che il vento mi scompigli i riccioli?

Gli costruí anche dei calzari alati, perché corresse piú veloce dei fulmini di Zeus.

– Ma io so già volare, fabbro sprovveduto che non sei altro! – rideva il dio messaggero.

– Tu credi di volare, ma non hai le ali. Sei un impostore bell'e buono, millanti ciò che non sei.

– Bene, stanotte stessa proverò i tuoi calzari.

– Perché di notte?

– Perché sono un ladro, no?

La notte piaceva a entrambi, si trovavano su una delle cime dell'Olimpo a guardare le stelle, ogni volta una cima diversa. Efesto ripensava a quando le aveva viste per la prima volta, era emerso dagli abissi e sulla spiaggia gli era apparso quello sfolgorío confuso e infinito. Prometeo gli aveva insegnato a guardare le stelle, e adesso ogni notte era come se ce l'avesse lí accanto, il suo amico gigante che ora chissà dov'era.

A Ermes invece piaceva la notte perché nel buio ritrovava sua madre. Maia, la maggiore delle sette Pleiadi, le stelle che guidano i naviganti. Zeus s'era invaghito di lei, vedendola sui monti selvaggi dell'Arcadia quand'era una fanciulla. Maia disdegnava l'Olimpo, viveva in una grotta, e lí Zeus andava a visitarla in segreto. Ermes era il figlio di un amore furtivo.

– Mia madre è una stella, – si vantava con Efesto.

– Illumina la notte ai ladri come te, dunque!

– Ma se mia madre è una stella, io sono ladro o sono stella?

E ridevano.

A Efesto mancava il mare.

L'Olimpo gli piaceva, quel regno che finalmente era anche il suo, quel posto senza confini che assomigliava stranamente all'infinito degli abissi. Ma una montagna non è il mare. E lui veniva dal mare, lí aveva iniziato la sua vita e lí voleva tornare, almeno ogni tanto. Aveva bisogno dell'onda piana e leggera che muore a riva e si ripete: il mare orizzontale, che su ogni spiaggia sembra finire e invece non finisce.

Gli veniva di colpo, quel bisogno. Allora gettava il martello e si lavava il sudore nei torrenti. Ermes lo sapeva, cos'era che lo tormentava. E glielo diceva con crudezza, perché non c'erano giri di parole tra di loro.

– Hai la sposa piú bella dell'Olimpo, eppure sei solo come un cane. Dovresti essere piú leggero, vedere dove ti portano altri venti…

– Non dirmi cosa devo fare. Lo so che non avrò mai l'amore…

– Non sei il piú sfortunato tra gli dèi, se ti può consolare. Guarda Apollo, con cui tanto ti piace parlare di arte, fatti raccontare i suoi amori infelici…

– Non mi consola l'infelicità altrui. Ma non ti preoccupare, so chiudere il cuore. Lo sto facendo. Dammi solo un po' di tempo, è un lavoro lungo costruire serrature.

– Nessuno può chiudere il cuore, Efesto, neanche un fabbro come te. Ma se ti vuoi ingannare, fai pure: dirò che il mio amico ci è riuscito, ad avere il cuore duro come una pietra che nessuna fiamma può frantumare. Ti piace? È questo che vuoi, proprio tu, dio del fuoco che sai sciogliere i metalli nascosti nella roccia?

Efesto a quel punto abbandonava il fuoco dei suoi venti camini e scendeva dall'Olimpo. Il rumore dei suoi passi rimbombava, prima sulle cime poi nelle valli. Infine attraversava il mare, come solo gli dèi sanno fare: in un soffio.

Sceglieva un'isola tra mille, senza sapere quale fosse. E lí annegava i pensieri per qualche giorno, affidando lo sguardo all'enigma delle onde.

Allora gli affiorava il ricordo di Prometeo, di quando lo trovava sulla spiaggia e si mettevano a chiacchierare. E gli veniva il desiderio dell'amico. Davanti al mare lo aveva incontrato, e davanti al mare lo cercava. Era passato tanto tempo, il tempo che per gli dèi non passa. Non lo aveva dimenticato, ma gli eventi lo avevano travolto rubandogli lo spazio quieto dell'amicizia.

Lo cercò vagando, e su ogni isola chiamava il suo nome.

11.

Artemide era snella, agile come un cerbiatto. La tunica sopra i ginocchi, i calzari, la faretra a tracolla, vuota. Venne a chiedere nuove frecce a Efesto.

Le piacevano i boschi, gli animali da cacciare. Nessun mortale poteva posarle lo sguardo addosso, neanche per errore, mentre si bagnava nuda nelle acque dei laghi e dei fiumi: lo condannava a morte. Non voleva l'amore, i legami, gli amplessi brevi e tenebrosi. Solo la caccia, la natura selvaggia, i cervi, i cinghiali. La libertà. Un corteo di fanciulle la seguiva, a cui vietava di avere amori. Dovevano giurare di mantenersi vergini anch'esse.

Ora era lí, davanti a Efesto che fabbricava le sue frecce, la terribile vergine cacciatrice. Gli disse, dopo averlo osservato a lungo:

– Mi fai pena, Efesto. Te ne stai sempre chiuso qui dentro a soffocare intorno al fuoco che non si spegne mai. Non ti godi l'aria che attraversa le vesti e accarezza il corpo, il sole sulla pelle. Come vivi, lavorando sempre in questa grotta buia?

Efesto non rispose nulla. Inutile rivelarle quel piacere, dirle che la vita nella fucina è come la vita dentro il mare, quieta e fonda, s'inabissa in un mondo pieno di forme, e che il buio sí, esiste, ma è percorso da bagliori che lo squarciano. Che in quel buio si può essere amanti di cose senza senso, perché il senso è sfuggente come l'acqua. Che si può vivere nascosti, provando una felicità.

Meditava, mentre fondeva i suoi metalli: gli dèi meritavano pena, non lui. Gli dèi costretti a vivere sempre all'aperto, mai coperti da una volta, mai protetti da pareti solide, perennemente esposti all'aria e alla luce lí sull'Olimpo. Non conoscevano il piacere dell'ombra, del nascondiglio.

Non avevano una casa.

Il fratello di Artemide, invece, non andava mai da Efesto: Apollo era l'unico che non entrava nella fucina. E ai banchetti se ne stava appartato, discosto. Passeggiava. O suonava la cetra accompagnando il canto delle Muse. Spesso portava sul capo una corona di alloro.

Efesto era attratto da quella ombrosità. Ma ad Apollo non chiedeva niente, meno che mai dei suoi amori infelici. Gli costruí un arco d'argento, cesellato mirabilmente, e glielo portò in dono. Il dio lo prese senza nemmeno ringraziare: non gliel'aveva chiesto.

Si vedevano poco. Nemmeno Efesto partecipava ai banchetti, sempre chiuso nella fucina. Si aggirava ogni tanto tra gli dèi, ma solo per vedere sua madre, spiarla. Gli sembrava sola, ma non capiva se provava pena per lei.

Apollo aveva notato il dolore attraverso il quale Efesto guardava sua madre, era un dolore che sapeva riconoscere. È il dio che sa le cose prima che avvengano, e sparge per il mondo i suoi oracoli, parole come foglie, che volteggiano e si perdono. Il dio che rivela e tace.

Un giorno Efesto gli si avvicinò. E chissà come, gli venne da rivolgere proprio a lui parole su sua madre, che a lungo aveva tenuto in cuore.

– Non voleva me, ma solo i miei gioielli, le cose che so fare. Sono venuto qui a portarle ciò che voleva, ma io non c'ero. E non ci sono nemmeno adesso.

– È cosí per tutti gli artisti, Efesto: viviamo attraverso le opere. Di cosa ti lamenti?

– Io non sono un artista, sono suo figlio.

– Davvero ti senti tale?

– È lei la mia origine, la voragine da cui sono stato gettato nella vita. Forse nascere è cadere. Venir fuori dal ventre materno, perdere il calore che ci proteggeva, essere di colpo avvolti d'aria. E vedere la luce. Nascere è vedere la luce, no?

– Non addolcire la tua storia, Efesto, non ne hai bisogno. Cadere è stata la tua fortuna. Non saresti capace di fare quel che fai, se non fossi caduto. In quel volo hai conosciuto il mondo. La forma delle montagne, il cerchio dei laghi. I tronchi contorti, l'abisso del mare, le nuvole. La notte che sbianca nel mattino, la fuga delle antilopi, il ronzio dei calabroni, il leone che sonnecchia. Tutto il mondo. E lo hai custodito nel cuore, fino a che non sei stato capace di ricreare quel che avevi visto. Non facciamo altro che copiare, riprodurre le forme che portiamo incise nel cuore. I monili che tanto piacciono alle dee sono solo questo: gli alberi, i serpenti, i fiumi, le farfalle, i granai che hai visto dall'alto, cadendo.
Pensi mai a quanto è bella la forma di un granaio? Forma che muta di continuo, che dipende da quanto grano il contadino ammassa...
Nascere non è cadere, ma non c'è arte senza una caduta. Cadere è un dono, doloroso, che pochi ricevono. Io mi porto dentro lo stesso dolore. Come te...

– Non sei come me. Tua madre non è Era.

– Ma Era è stata la peggior nemica di mia madre.

Apollo si sedette, suonò per un po' la cetra. E quando pensò d'aver finito, si mise a raccontare. Ma a spezzoni, lasciando vuoti, come se a riempirli facesse troppo male.

– Mia madre è Leto, figlia di Titani. Zeus la ama quando è ancora una fanciulla. Ma Era non può sopportare che lui abbia un figlio da un'altra dea, e le lancia un'oscura maledizione. Partorirai in una terra mai illuminata dal Sole, cosí le dice.

Apollo aveva una luce fredda nello sguardo, mentre parlava, come i bagliori delle sue frecce. Efesto era accecato da quel gelo, ma voleva che continuasse, perché intuiva che aveva ragione: quel dolore era anche il suo.

– Nascerà un figlio con l'arco in mano, la freccia puntata al cielo: un dio potente, destinato a brillare tra gli olimpi. Cosí diceva la profezia. Mia madre comincia a vagare, incinta, cercando quella terra che non può esistere. Allora un'isola affondata decide di emergere dagli abissi solo per lei, per essere la terra impossibile mai toccata dal Sole. Si chiamerà Delo, e quella parola diventerà mia: ciò che di colpo si fa visibile. Io sono questo: luce improvvisa che ti sorprende.

Efesto ebbe un brivido lungo la schiena. Non capiva perché, ma gli venne da pensare agli uomini, e al cielo carico di lampi che li sovrasta.

– Vedi? Nasco da una maledizione e una condanna, Efesto, su un'isola che non esiste, in un mondo che non mi vuole. La mia sorte non è simile alla tua?

– Ma tua madre ti voleva.

– *Tua madre* non mi voleva.

– Non è la stessa cosa.

– Il destino avverso possiede molte forme.

– Sei fortunato, Apollo. Nessuna isola ha salvato me…

– Quell'isola mi ha salvato, è vero, ma sono diventato il dio che punisce, che senza pietà distribuisce la morte… Ti sembra una fortuna?

– Sei il dio del canto e della poesia.

– Perché la morte abbia almeno una consolazione.

– Sei il dio della luce.

– La luce è l'altra faccia del buio. Ti ho raccontato di mia madre perché tu sapessi: difficile esser figli. È cosí da sempre. Tu, scagliato dall'Olimpo, sei solo l'ultimo di una lunga serie che fatica a essere figlio. Ogni nascita è dolore, è buio. E sí, da quel buio può nascere la luce… Ti chiami Efesto: sei il dio che lavora nell'ombra della terra, ma la tua arte sprigiona faville che rischiarano la notte e ne fanno un giorno sempre illuminato. Questa verità dice il tuo nome.

Cosí parlò Apollo, e riprese la musica che riempie il cielo e risuona sulla terra degli uomini. Perché la morte abbia almeno una consolazione.

Persino il Sole venne da Efesto.

Non entrò nella fucina, perché il Sole non entra da nessuna parte e non ha tempo di fermarsi. Si concesse un attimo di sosta, breve come un respiro, e rimase lontano, in mezzo al cielo, alla distanza giusta perché niente sulla Terra s'incendiasse né gelasse.

Da quella distanza guardava il fabbro, dalla porta lo spiava facendo entrare i raggi che penetrano ovunque. E gli parlò, gli disse la sua stanchezza.

Nessuno pensa alla stanchezza del Sole. Al cammino che deve compiere e mai può arrestare, perché i giorni devono seguire alle notti e le notti sempre ai giorni.

– Puoi fare qualcosa per me, tu che possiedi l'arte del fuoco?

– Tu sei il fuoco, Sole!

– Ma non ho mai riposo.

Efesto, allora, progettò per lui un'opera che travalicava le sue forze. E ci mise un tempo che, a misurarlo, era lunghissimo.

Costruí un carro al Sole.

Elios vi attaccò cavalli alati, e da quel momento percorre il cielo guidando fino a ponente, prima che sua sorella Selene sollevi il bianco lunare nel cielo. Lí s'imbarca sulla nave che percorre il nastro circolare Oceano e ogni mattino lo riporta a oriente, dove lo aspetta l'altra sorella Eos, l'aurora dalle dite rosate.

Su quel carro, Elios vedrà morire suo figlio Fetonte, perché è difficile dire di no a un figlio. Se davvero sei mio padre, lascia che per un giorno guidi il tuo carro: cosí Fetonte lo sfida, un giorno ancora da venire. Elios sa che non deve, però acconsente. E Fetonte perde il controllo, e precipita in volo schiantandosi sulla terra.

Efesto costruisce opere, non il futuro. Come poteva sapere? Fece quel carro al Sole soltanto perché gli fosse piú agevole il viaggio quotidiano.

Ma fu proprio costruendo quell'opera immane che si rese conto di non farcela piú da solo. Non perché le sue forze si fossero assottigliate, ma perché i suoi piani erano sempre piú ambiziosi.

Non gli bastavano le opere mirabili che faceva per ognuno degli dèi. I gioielli finemente cesellati erano ormai minuzie. La mente superava il corpo, gli correva avanti. Era una gara impari. Pensava a opere piú grandi, e di tale complessità che mai sarebbe riuscito a eseguirle da solo.

Aveva mantenuto dentro di sé quell'idea stravagante, che a poco a poco era diventata un progetto grandioso, impensabile: costruire dimore celesti, perché gli dèi che abitano lo spazio infinito del cielo avessero una casa.

Non l'aveva detto a nessuno. Solo alla sua sposa, nel letto, avvolto nel segreto delle notti insonni, confidava quell'ardire, i dubbi che lo inquietavano, i limiti che s'era prefisso a ogni costo di varcare.

Afrodite, mollemente adagiata accanto a lui, ascoltava e non ascoltava. E a volte di colpo senza dir niente si alzava, una smorfia d'indifferenza che le adombrava il volto, e se ne andava volteggiando. S'inanellava in riccioli i lunghi, sinuosi capelli, mentre andava. Efesto non sapeva mai dove fuggisse, ma sapeva che molti luoghi frequentava con piacere la sua sposa, a lui ignoti.

La guardava andare, di schiena. Solo questo sguardo, ammirato e dolente, gli era concesso. Il movimento delle anche gli ricordava il mare, e le danze dei delfini, laggiú nel mondo precedente dove aveva abitato. In quegli istanti sentiva una fitta al cuore, non sapeva se di sollievo o di rinnovata sofferenza. Si rintanava nei suoi pensieri, e lí, dov'era al sicuro da ogni insidia e tradimento, invincibile, ineguagliabile, spingeva la fantasia a mete sempre piú eccelse. Come se solo nello spazio finto delle opere ancora inesistenti, immaginandole, trovasse una pace. E forse una vittoria.

12.

Lo guardo da lontano, lui non mi vede.

Mi cerca sull'isola dove ci siamo conosciuti, quando non sapeva di essere un dio e abitava gli abissi insieme alle ninfe che credeva madri. Mi cerca da molto, confonde le isole, ne gira tante.

So che mi cerca, sentivo il suo richiamo. Ma non avevo tempo. Dovevo aiutare gli uomini che faticano a vivere e uno dopo l'altro muoiono senza una speranza; arare la terra insieme a loro, raccogliere i frutti, andare al pascolo e fare i formaggi. Efesto non aveva realmente bisogno di me. Ora invece è arrivato sull'isola giusta, e ha un motivo grandioso per cercarmi. Mi farò trovare.

Prima lo osservo un po', mi prendo questo piacere. Sta andando verso il mare, percorre le valli dove vivono gli uomini. È diventato uno che spia gli uomini, solo io so perché. Si apposta in un angolo riparato e diventa invisibile, esiste solo il suo occhio, avido, innamorato.

Si sta innamorando degli uomini. È colpa mia, gli ho messo io questa spina. Efesto mi assomiglia: è capace di stare giorni a guardarli, questi mortali, dimenticandosi di tornare.

In realtà non deve tornare in nessun posto, ma nonostante ciò, ha una nostalgia rapace che gli artiglia l'anima.

È possibile avere nostalgia senza sapere dove tornare? Sí, è possibile. È l'amore per una vita che non abbiamo ancora ma sappiamo potremmo avere. Se solo le cose si mettessero bene, in ordine, belle in fila una dietro l'altra, a formare la collana dei giorni... Per questo fa tante collane? Perché sono i suoi giorni ancora da venire? Ha nostalgia del futuro?

Per sua madre, in fondo, ha fatto una catena quando l'ha imprigionata sul trono. Nessuno ci pensa mai, che una catena è una collana. Sono costruite allo stesso modo, anche le collane sono catene. Un anello dietro l'altro ed è fatta. E la cosa buffa è che è sempre l'amore che ci incatena, l'amore che vorremmo suscitare o l'amore che abbiamo perso.

Esco dai boschi, scendo anch'io verso il mare. Lui è sulla spiaggia, come sempre. Mi metto un po' lontano, fingo di non averlo visto, so che a lui piace trovarmi come fosse un caso. Quando mi è abbastanza vicino lo saluto, io per primo.

– Sei tornato, finalmente.

– Ho fatto solo passare il tempo. Troppo tempo, scusami.

– Dovevano succedere molte cose, Efesto, hai solo lasciato che succedessero.

– Come lo sai?

– Lo so. Per questo ti ho lasciato andare, perché si compisse ciò che doveva compiersi.

Passeggiamo sulla spiaggia. È pensieroso e sta in silenzio. Poi di nuovo mi parla, come se un attimo fa avesse sbagliato a dirmi quel che mi ha detto.

– Non sono tornato, Prometeo. Non sono io, è un altro chi ti trovi davanti, non il ragazzo che hai conosciuto.

Una colonia di gabbiani zampetta a riva. Ogni tanto uno di loro vola a raso sulle onde e s'invola con un pesce nel becco. Gli altri lo rincorrono, per derubarlo.

– Un giorno, su un'altra spiaggia, mi hai detto: Sai cosa mi piace? Vedere quando il metallo si raffredda. Mi hai parlato del metallo imprigionato nella pietra che si libera al fuoco, e diventa una coppa. Era una coppa la tua prima opera, te lo ricordi, Efesto? Allora ho pensato che tu eri uguale, aspettavi un fuoco che ti liberasse e ti facesse prendere una forma. Non sapevi ancora quale sarebbe stata. Ora lo sai.

– Ora sono un dio, e so chi è mia madre.

– Sei il figlio di Era, sei il dio del fuoco.

– Tu lo sapevi già prima, vero?

– Tutto è sempre già avvenuto.

– Allora sai anche com'è andata?

– Forse.

– E sai che poteva andare diversamente?

– Credi?

– Il momento in cui il figlio conosce la madre è tutto, non c'è altro. Quel che succede dopo, fossero anche miliardi di anni, non è niente. Solo quell'attimo conta, il primo sguardo. Tutto avviene lí, per sempre. E io l'ho mancato. Non mi ha dato il tempo. Quando mi ha buttato giú dall'Olimpo, è questo che mi ha sottratto: il tempo di incrociare il suo sguardo. Ma lei poi mi ha fatto chiamare, e io finalmente avevo qualcosa da offrirle. Io a lei. Il figlio rifiutato alla madre mai conosciuta. Riesci a immaginare qualcosa di piú perfetto? Un figlio che è capace di creare esattamente quel che la madre vuole, che esaudisce i suoi desideri prima ancora che lei li esprima. Ci vogliono anni per imparare a forgiare il metallo, fonderlo, piegarlo, incastonare le pietre giuste… E io quegli anni li avevo passati per lei. Mi ero preparato senza nemmeno saperlo… Lo vedi? Poteva essere un'altra storia. Avevo il trono da offrirle. Potevo riscattare la mia bruttezza, lei avrebbe guardato quell'oggetto e non me. Avevo un'occasione: nascondermi nella mia opera, sparire. Non essere piú deforme. Invece…

– Invece?

– Invece ho rovinato tutto. Le ho riversato addosso il mio odio. Le ho regalato quel trono, un inganno perfido e codardo. E lei ha detto… Oh avessi sentito cosa mi ha detto, l'avessi vista… Non finiva di sdilinquirsi in lodi, e quanto era bello, e quanto l'avrebbero invidiata, e quanto ero bravo…

Le ho detto di sedersi. Si è seduta e il meccanismo è scattato, come le frecce di Apollo che arrivano di colpo e spezzano il respiro. Io ho incatenato mia madre, Prometeo. L'ho vista impallidire. Poi ha cominciato a sbraitare, a divincolarsi. Era brutta. Paonazza, sudata, gli occhi di fuori… Io ridevo. Ridevo perché a un certo punto ha cercato di alzarsi da quel trono, di camminare… Come poteva? Le avevo imprigionato le gambe. Volevo che fosse come me, impedita, esposta. Cosí s'è alzata e s'è tirata addosso quel trono, che la schiacciava, ed è caduta faccia in giú. E io… ridevo. È stato il mio modo di parlarle. L'unico modo che ho trovato, quel trono, per dirle la mia rabbia. E lei ha capito. Io lo so che ha capito. A quel punto, cosí, per terra come una serpe, viola di dolore, mi ha guardato. Allora ho avuto lo sguardo di mia madre su di me, solo allora. E mi ha chiamato: Efesto!
Ha detto il mio nome. E io ho continuato a ridere. Perché l'amore che non sappiamo esprimere a volte si maschera, e diventa odio.

Il sole s'è coperto. Si addensano nubi che sembrano di ferro. Arriviamo in un punto della spiaggia dov'è un accumulo di tronchi, pietre e alghe, quel che ha portato il mare chissà da quale lontananza. Camminiamo a stento. Efesto sta per inciampare, lo sorreggo per un braccio. E mando le mie parole nel vento, che si perdano:

– Non è andata cosí, e tu lo sai. Mi racconti soltanto i tuoi rimorsi. Ma i rimorsi sono i pensieri che non abbiamo avuto nell'ora che era giusto averli, vengono dopo, quando tutto è successo. E mordono l'aria, come bestie imprigionate che non hanno piú speranza di addentare la preda. Smetti di farti del male. Vieni, troviamoci un riparo per la notte.

Passa un tempo immisurabile. Io lascio che passi. Efesto è venuto qui col carico di un dolore che non aveva trovato il modo di sciogliere. Aveva bisogno di una spiaggia.

Davanti al mare, davanti a me, ha trovato il modo di far uscire le parole, mescolandole al suono delle onde. Io sono l'orecchio che raccoglie il suo dolore. Ma lui non sa che è venuto qui da me per questo, crede di avere un altro fine.

È di nuovo sera. Non conto piú albe e tramonti. Ora si sta mettendo a piovere. I nostri passi affondano nella sabbia, che non s'impregna, assorbe l'acqua in un suo cuore profondo, che nessuno vede, e va a spegnere il fuoco della terra. Spegne tutti i fuochi, quest'acqua che scende e ci porta qualcosa del cielo. Non a caso gli uomini amano la pioggia: le sono grati, come si è grati a un mistero che ogni volta, senza svelarsi, aiuta le loro vite.

La notte arriva e dirada le nuvole, riappare il cielo e non porta piú la pioggia.

– C'è una stella con una luce blu, da qualche tempo. È piú bassa delle altre e piú grande, ma di poco, – mi dice Efesto.

– È Callisto. È un'orsa. E la vedi quella stella accanto, piú piccola? È suo figlio.

Decido di svelargli la storia. Vorrei curargli il male che si tiene dentro, e nulla può aiutarmi piú delle stelle.

– Callisto era una giovane bellissima, la piú bella delle ninfe dell'Arcadia. Un giorno Zeus la vede dormire nuda sull'erba, e se ne innamora. Ma Callisto fa parte del corteo di Artemide, non è libera di amare; la sua vita è tirare con l'arco, andare a caccia con la dea e le compagne. Artemide, lo sai, ha posto il divieto a tutte di accoppiarsi ma è Callisto che ama in modo speciale: nessun uomo dovrà mai avvicinarla, neanche un dio, neanche il dio piú potente. Zeus pensa a un inganno: si traveste da Artemide, e giace accanto a Callisto mentre dorme. Quando si sveglia, Zeus ritorna nel suo aspetto e la prende, con violenza.

Callisto rimane incinta. Tiene il segreto. Ma un giorno che fanno tutte insieme il bagno in un lago, Artemide vede la sua colpa e la punisce: la trasforma in orsa. La fanciulla piange, implora il perdono, ma la sua voce è un bramito,

il viso le si allunga in muso e il corpo si copre di pelliccia. Trasformata in orsa, Callisto partorisce il figlio. Quel figlio cresce, diventa cacciatore. E un giorno insegue un'orsa che lo guarda trepidante, e protende le zampe verso di lui come per abbracciarlo. Il figlio non può sapere chi è quell'orsa, e sta per scoccare la freccia che la ucciderà.
Ma Zeus li vede dall'Olimpo e ne ha compassione. Prende entrambi in un vento che li solleva in alto, e li trasforma in stelle. La madre e il figlio, il cacciatore e l'orsa che per sempre illuminano la notte.
Adesso sai chi è Callisto, e cosa significa la sua luce. Abbiamo tutti un cielo che ci attende.

– Dopo la morte. Ma noi siamo quelli che non muoiono, lo sai. Cosa me la racconti a fare questa storia?

Non rispondo. Lascio che la domanda si perda tra le stelle, regalandogli la scia di un dubbio.

Arriva l'alba. Ricomincia a piovere. Efesto è in piedi, non si muove. La pioggia gli penetra la pelle, e finalmente mi dice cosa vuole da me.

– Voglio costruire le dimore degli dèi. Non chiedermi perché, è un desiderio che non torna indietro. Ma non posso farcela da solo, ho bisogno di aiuto.

Non mi stupisce. È nato con i piedi che lo portavano al contrario: un altro si sarebbe arreso, lui s'è inventato quella specie di schinieri per puntellarsi i passi. La sua mente non contempla limiti, lo so da sempre. Per me va bene. Mi piacciono, le opere impossibili. Vengo dalla stirpe dei Titani, siamo i temerari, quelli che non hanno paura di spingersi oltre, perché sanno che nulla è davvero illecito.

13.

– Vieni con me allora?
– Sempre e dovunque!
– Non scherzare, Prometeo. Dico se vieni sull'Olimpo a darmi una mano.
– Io?
– Non sei tu il piú grande fabbro dell'universo?
– Lo ero prima di te.
– Non vuoi accompagnarmi, mettiamola cosí.
– Non posso, – rispose Prometeo, lo sguardo cupo.
– Ti tiri indietro, non ti senti all'altezza?
– Non posso venire sull'Olimpo.
– La solita storia che non hai tempo? Smettila con le scuse.
– Ho tempo, hai ragione. Ma non so quanto ancora me ne resti...
– Sei un dio, mi pare che il tempo non sia un problema.
– A volte mi sento un uomo.
– Va bene, come sempre ami gli enigmi.
– È una lunga storia.
– Che non hai voglia di raccontarmi.
– Esatto.
– Quindi mi lasci solo.
– Mai. Ti darò una mano. Ma non sono io la persona giusta. Ti porterò da chi ti saprà aiutare.

Viaggiarono molto, attraversando mari e terre. Ogni tanto si concedevano una sosta per stendersi a guardare la notte, le stelle sopra di loro.

Prometeo aveva in testa tre mete, ma non gli voleva rivelare niente dei suoi piani durante il cammino. Efesto era irrequieto, scontento.

– Va bene. Non solo non vuoi venire con me sull'Olimpo, ma ora mi allontani, mi depisti, mi distrai portandomi in questo giro senza fine. Ti prendi gioco di me?

– A volte servono strade laterali per arrivare dove vogliamo. Devi fidarti. E poi non è ora che tu conosca il mondo?

Rideva, Prometeo. Gli piaceva quella parte, di stupire il giovane dio suo amico.

Arrivarono in Sicilia, la prima meta. Era notte. Dalla costa videro una montagna lontana; aveva la forma di un cono largo, mollemente svasato, e dalla cima emetteva una fontana di fuoco, zampilli incandescenti che sfidavano il cielo. Colava, sulle pendici fino a valle, un lento fiume arroventato, denso, fitto di bagliori.

All'alba ripresero il cammino, e giunsero ai piedi di quel monte che aveva dentro il fuoco della terra.

Si trovarono davanti a esseri giganteschi, che portavano in fronte un solo occhio tondo, i corpi smisurati, seminudi e unti, coperti da un sudore annerito. Si affaccendavano intorno al monte come fosse un camino enorme, fondevano metalli, li colavano in grossi stampi e lavoravano le forme con pinze e martelli, da cui schizzavano scintille.

Efesto non aveva mai visto una fucina tanto grande.

– Dove mi hai portato?

– Dai Ciclopi costruttori di mura, tra i primi fabbri del mondo. Da loro avrai molto da imparare.

Prometeo si staccò da lui per andare a incontrarli. Quando i Ciclopi lo videro venire avanti, si fermarono di colpo interrompendo il lavoro. Sparirono i rumori nell'aria, e le faville infuocate smisero di cadere a pioggia. Efesto vedeva i loro occhi circolari roteare spaventosamente, riflettendo nella cornea i bagliori del fuoco.

– Tu qui!

– Sei proprio tu, Prometeo…

– Il figlio di Giapeto…
– Perché sei venuto?
– Quale vendetta ti porta qui?
– Che cosa vuoi da noi?

Cosí gli riversarono domande. Ma Prometeo nemmeno li guardava.

– Prometeo, chi sono questi mostri e perché patiscono cosí tanto la tua presenza?

– Non devi avere paura, tu non c'entri. Sono turbati di vedere me. E hanno ragione: sono figlio di un titano, dovrei odiarli. E li odio, infatti. Non sarei mai venuto qui, se non fosse per aiutarti.

– Cosa ti hanno fatto?

– Se non si fossero alleati con Zeus, la guerra sarebbe andata in altro modo.

– Di che guerra parli?

Andarono a sedersi ai piedi della montagna, dove il vulcano si ricopre di alberi e di prati per sembrare innocuo. Stavano lí, l'uno accanto all'altro. Il mare che amavano tanto da lí non si vedeva, ma si poteva immaginare. Il tempo non esisteva, era segnato solo dagli sbuffi di faville che ogni tanto illuminavano la cima e subito si spegnevano. Erano il ritmo di un respiro.

– Una guerra tra padri e figli, Efesto, una guerra tra fratelli. Perché non esiste nessun legame, nessun affetto, di fronte alla brama di potere.

Il padre teme sempre che un giorno il figlio lo spodesti. Come sai è successo a Urano, che giaceva sopra la Terra schiacciando i figli prima che nascessero. Ed è successo anche a Crono, che divorava i suoi appena Rea li partoriva. Difficile essere figli…

E ciò che temono i padri alla fine si compie sempre: la profezia ogni volta si avvera. Crono ha tagliato i genitali al padre Urano e ha preso il potere. Zeus ha avvelenato suo padre Crono e gli ha fatto vomitare i fratelli ingoiati, e insieme a loro ha dichiarato guerra al padre e a tutti i Titani. Difficile anche essere padri.

Prometeo tacque. Il racconto gli rinnovava il dolore. Ma Efesto aveva negli occhi la voglia di sapere, e lui proseguí, cercando di staccarsi il piú possibile da sé, come se le parole non fossero le sue. Disse che la guerra durò dieci anni, e che non l'avrebbe vinta Zeus se i Ciclopi non lo avessero aiutato. I Ciclopi e gli Ecatonchiri, fratelli dei Titani. Gli parlò anche di loro, giganti dalle cento braccia e cinquanta teste: Crono li aveva rinchiusi nel Tartaro profondo, spaventato dalla loro forza immane. Zeus li liberò, e loro gli furono cosí grati che si allearono con gli dèi anche se i Titani erano i loro fratelli.

Fabbri abilissimi, gli spiegava Prometeo, i Ciclopi forgiarono a Zeus le folgori, quelle spade di fuoco che scuotono il cielo e uccidono gli uomini.

– Te lo vedi Zeus che dall'Olimpo comincia a lampeggiare senza posa? Dalle sue mani volano saette fitte insieme al tuono, e tutt'intorno la terra crepita, le foreste bruciano, l'acqua ribolle e i flutti di Oceano s'increspano. È con quelle folgori che Zeus vince la guerra.
Ma non l'avrebbe vinta, senza gli Ecatonchiri. Quando la battaglia si fece piú aspra e la vittoria piú incerta, loro strapparono le rocce alle montagne e le scagliarono sui Titani. Essendo in tre e avendo ognuno cento mani, ogni lancio erano trecento pietre.
Crono è perduto, e Zeus relega suo padre negli abissi della Terra.
Lo libererà, un giorno, esiliandolo sull'isola dei Beati. Lí dove vivono gli eroi dopo la morte, dove la terra produce i suoi frutti senza essere arata, la vite anche se non potata fiorisce di continuo, nessun contagio infetta il bestiame e non approda mai nessuna nave.
Ma quel giorno è lontano, Efesto, si perde nel tempo a venire. Crono per adesso resta in catene, insieme agli altri Titani, perché cosí ha ordinato Zeus: di sprofondarli sotto la terra, legandoli con dure catene nel Tartaro, che non vedano piú la luce. Tra quei Titani c'è Giapeto, mio padre…

E qui Prometeo ferma le parole, come se gli mancasse il fiato.

Tra quei Titani c'è Giapeto, suo padre. Efesto ha un brivido, serra i pugni e non dice niente. Lui che non ha padre, in quel momento si sente come se l'avesse perso.

Stavano seduti lí, ai piedi della montagna, sul lato dove tacevano i fuochi e si vedeva solo lo scoppio in alto, e le faville ricadevano serpeggiando sul nero delle rocce. In quei brevi lampi che incendiavano il cielo, Efesto guardava Prometeo: aveva il viso tirato, lo sguardo sopra un punto che si perdeva. Si teneva le ginocchia con le braccia, come a proteggersi da un male che chissà da dove veniva a minacciarlo.

– Il Tartaro è una prigione buia, una caverna senza fondo. Sopra vi crescono le radici della terra e vi poggia il mare. È una voragine remota, circondata da una triplice cerchia di mura bronzee, una triplice notte, un abisso che si apre sotto la terra tanto quanto dalla terra è lontano il cielo. È laggiú che i Titani soffrono tormenti immensi. È laggiú che Zeus ha sprofondato mio padre.

– Dunque è per questo che non vieni con me sull'Olimpo...

Venne sera.

I Ciclopi lasciarono la fucina immensa e si sparpagliarono per i prati. A mani nude scavavano cunicoli, perché il fiume di lava s'incanalasse e potesse colare in enormi bracieri di metallo. Poi andavano nei boschi e sradicavano grossi alberi, per alimentare con tronchi e rami il fuoco, che non si spegnesse. Attorno a quei bracieri, a gruppi, si radunavano. Passarono cosí parte della notte, in cerchio, emettendo suoni modulati che assomigliavano a canti. Poi si addormentarono.

Efesto vedeva i loro enormi corpi stesi al chiarore delle stelle, ombre scure che coprivano quasi interamente le pendici dell'Etna. Sparsi qua e là sul prato, i fuochi non ancora spenti nei bracieri.

Al termine della notte, Efesto e Prometeo andarono a camminare per i campi. Si fermarono davanti a un gregge di pecore, che giovani pastori guidavano con i bastoni. Prometeo era stanco, gli faceva fatica parlare.

– Ora sai chi sono i Ciclopi. E sai anche cosa vuol dire essere un titano, tu che appartieni alla schiera degli dèi vincenti.

Qui s'interruppe. Appoggiò la schiena a un enorme tronco, spossato; e rimase un po' senza parlare. Efesto stava accanto a lui, in piedi, reggendosi ai due bastoni. Gli leggeva sul viso una tristezza, e insieme un'ansia. Come se il passato lo tormentasse, e sapesse che il futuro lo avrebbe annientato.

– Non dovevi portarmi dai Ciclopi, se ti hanno fatto tutto questo male.

– I Ciclopi potrebbero aiutarti, Efesto, i piú potenti e forti fabbri dell'universo. Solo questo conta, ora. Tutti i grandi devono incontrare maestri, se vogliono essere grandi. Lo stesso vale per te, anche se tu non hai bisogno di imparare... L'arte era già in te quando sei nato, l'ho visto subito che era il tuo destino. All'inizio sopportavo poco che tu non avessi bisogno di me, che io non avessi nulla da insegnarti...

– Mi hai insegnato molto, Prometeo, smettila.

– Certo. Ti ho insegnato a pescare.

– E ti pare poco? – Efesto rideva, con la sua risata roca.

– Be', ti avrei passato volentieri altro, se tu non mi fossi comparso davanti già cosí esperto, cosí perfetto...

– Io perfetto?

– Hai una perfezione che non si vede, Efesto. È questa la tua forza, sei quel che non appari. Comunque i Ciclopi sono i maestri che avresti dovuto avere. Che almeno adesso ti siano di aiuto.

– I Ciclopi sono i tuoi nemici, hanno decretato la prigionia di tuo padre. E io sono tuo amico. Come puoi chiedermi di lavorare con loro?

– La loro forza è ciò che ti serve, se vuoi che l'opera smisurata che ti domina la mente trovi compimento. Quindi non chiederti chi ti è amico e chi nemico. Guarda in alto, pensa in grande, lascia perdere le domande che ti tratterrebbero in basso.

Poi andò a parlare ai Ciclopi. Disse loro di Efesto, della sua bravura nell'arte dei metalli, e dell'opera immensa che aveva in mente ma non poteva affrontare da solo. Raccontò delle dimore celesti degli dèi. E i Ciclopi ammutolirono, meravigliati di tanto ardire. Promisero il loro aiuto. Ne diedero parola al figlio di Giapeto, il titano che avevano gettato nelle profondità oscure della Terra.

Ripresero il cammino all'alba. L'Etna taceva, non emetteva fuoco e nemmeno fumo. Era in uno di quei momenti in cui sembra una montagna come le altre. I Ciclopi già al lavoro battevano sul ferro. Efesto si voltò a guardarli, come per imprimersi dentro quelle figure enormi e trasportarle con la mente sull'Olimpo, dove avrebbero obbedito ai suoi ordini. Li vedeva alzare le possenti braccia, stringere a mani nude ferri roventi, l'occhio circolare in perenne movimento. E il suono dei martelli che si ripercuoteva fino al mare.

Prometeo camminava muto, immerso nei pensieri. Suo padre incatenato nel Tartaro, suo fratello Atlante costretto a reggere sulle spalle la volta del cielo. Troppo dolore… Raccontare quel dolore a Efesto non era previsto, ma era prevedibile che non sarebbe stato innocuo. Aveva agito come la brace, quando sembra languente e invece fa ripartire il fuoco. Non si pentiva d'aver parlato, l'amicizia è un fiume che rompe gli argini. Ora Efesto sapeva perché lui odiava Zeus cosí tanto; e poteva anche intuire la ragione del suo amore straziante per gli uomini. Non era solo perché li aveva creati, e in qualche modo erano suoi figli. Se aiutava i mortali, era per dispetto. Il re dell'Olimpo non voleva che gli uomini fossero felici. Non gliene importava niente. Per questo lui lo aveva ingannato, per ben due volte, per difendere i suoi figli mortali. Gli aveva ordito due inganni tremendi, che il signore degli dèi non poteva sopportare. Ma questa storia non l'aveva ancora raccontata a Efesto, inutile turbare ora il suo piano grandioso.

Non gli restava che aspettare. Zeus gli avrebbe mandato la sua punizione prima o poi, e sarebbe stata terribile. Aspettava, non faceva altro. Quando Efesto lo trovava su una spiaggia inoperoso, inerte, era questo che faceva Prometeo: aspettava di pagare il prezzo. E si chiedeva in quale modo Zeus avrebbe sfogato la sua ira contro di lui.

Era sempre una spiaggia, il posto dove lo trovava, perché Prometeo ovunque ne cercava una. Solo il mare gli dava pace, era una specie di tregua nella battaglia che nascondeva in cuore. Aveva bisogno di stargli davanti, e riempirsi di quel respiro.

Come se sapesse che presto non avrebbe piú potuto vederlo, il mare, neanche da lontano.

Andarono a nord. Raggiunsero Lemno, un'isola tra la Frigia e la Tracia, remota e vulcanica, spoglia, solitaria. Lí Prometeo voleva che Efesto incontrasse i Dattili. Era la seconda meta. Sapeva che quell'isola avrebbe accolto altre volte Efesto, e gli sarebbe stata molto cara; ma non voleva rivelargli gli eventi che ancora lo attendevano.

Approdarono sulla spiaggia e girarono tutta l'isola, inerpicandosi sui monti e percorrendo le pianure spoglie. Quando arrivarono nel posto in cui vivevano i Dattili, Prometeo disse: – Ci siamo.

Ma Efesto non li vide subito, ci mise un po'. Non sapeva che non riusciva a vederli perché si trattava di esseri piccolissimi, e che doveva affinare la vista. Sentiva solo rumori sordi e stridenti, lo spezzarsi di piccoli rami, e un battere metallico, ripetuto. Rumori che non riusciva a ricondurre a niente, ma gli tenevano compagnia come il gracidare delle rane nelle notti primaverili.

Poi per caso scostò un cespuglio e li vide. Minuti, bassi, gli arrivavano poco oltre i ginocchi. S'inchinò per osservarli meglio: avevano corpi ben fatti, armoniosi e robusti. Erano dèi in miniatura. E anche loro fondevano i metalli e forgiavano oggetti di grande bellezza.

Prometeo gli disse che erano i fabbri primordiali, avevano scoperto il ferro e nessuno meglio di loro conosceva i segreti dei metalli e di come si lavorano al fuoco. Gli unici in grado di inventare congegni molto complessi, meccanismi semoventi di cui nessuno conosceva il mistero. Erano maghi. Stregoni. Incantatori.

– Vengono da un tempo remoto. Spuntano dalla terra quando Rea, in preda alle doglie, fa leva con le mani sul terreno, spingendo perché Zeus nasca. Affonda le dita con forza sovrumana, e da quella pressione escono loro, i Dattili. E subito si mettono a battere le armi sugli scudi di bronzo per far rumore, perché Crono non senta i vagiti dell'ultimo nato, il figlio che crescerà nascosto e tornerà per spodestarlo; battono senza tregua perché Crono non inghiotta anche quel bambino come aveva già fatto con tutti gli altri figli, destinati a governare sull'Olimpo.

I Dattili risposero subito di sí, che sarebbero venuti ad aiutare Efesto. Avevano la luce negli occhi.

– Gelosamente custodiamo i segreti della nostra arte, ma siamo pronti a insegnarli a te, grande fabbro Efesto. Lemno sarà la tua isola, se lo vorrai, le nostre fucine saranno sempre a tua disposizione. Non sai di quali meraviglie siamo capaci, non sai cosa possiamo fare, collegando sottili lamelle di metallo, progettando raccordi occulti, innescando ingegnosi meccanismi che obbediscono segretamente alla nostra volontà.

Efesto stava a sentire quei giovani dèi, non piú alti di un cespuglio di rovi. Non capiva bene a cosa alludessero, ma guardava Prometeo che annuiva nascondendo un sorriso.

Prometeo era contento che il suo piano stesse funzionando. Dopo i Dattili, rimaneva soltanto un'altra meta.

Ma era stanco, per un altro viaggio non aveva le forze. Ora doveva lasciarlo andare. Ne era dispiaciuto, ma sapeva di abbandonarlo alla felicità del suo lavoro. Prima di salutarlo, però, gli disse cosa fare:

– Ci sarebbe una terza destinazione, Efesto. È Cnosso, sull'isola di Creta. Lí regna Minosse, e nel suo regno vive un grande artista. Architetto, scultore. Si chiama Dedalo, dovresti incontrarlo. Non credo che lui possa lasciare Creta e seguirti sull'Olimpo, questo no. Ma potresti studiare le sue opere, parlargli. È molto geloso della sua arte, eppure con un po' di fortuna dovresti riuscire a rubargli qualche segreto. Ti sarebbe utile, per le mura della città celeste che hai in mente. C'è un palazzo, che ha costruito Dedalo, fatto di mura che si rincorrono in una danza senza fine. Devi andare a vederlo, prima o poi, è un'opera stupefacente. Ma io, perdonami, non credo di avere il tempo d'accompagnarti.

– Di nuovo questa storia che non hai tempo?

Efesto non seguí il consiglio di Prometeo. Anche lui non aveva tempo: il progetto che aveva in mente urgeva, voleva compiersi, e non dava spazio ad altro divagare.

14.

L'Olimpo divenne un immenso cantiere.

I Ciclopi e i Dattili, gli dèi giganteschi e gli dèi minuscoli, lavoravano insieme. Di grandiosi gesti e minuziosi particolari sono fatti i capolavori. Spesso ciò che ha dimensioni enormi non sa esprimere l'infinito, e ciò che è minuto non dispiega la bellezza.

I giorni si susseguivano alle notti, come dev'essere perché il tempo degli dèi, che non esiste, sia scandito tra lavoro e ozio. E a lungo tratto rimbombarono i colpi dei martelli e si sprigionarono le faville infuocate.

Alla fine le dimore degli dèi furono completate.

Altissime mura bronzee che al sole s'infiammavano di luce e la sera riflettevano l'infinità del cielo. Colonne smisurate che reggevano palazzi aerei, come sospesi nel vuoto. Ponti dorati, gallerie scavate nella roccia, strade lastricate in argento. Una città celeste, che punteggiava di luci la montagna.

Gli dèi brindarono all'artista, nel loro banchetto eterno. Le Muse cantavano e Apollo le accompagnava con la cetra. A uno a uno presero possesso delle loro abitazioni, che sembravano infinite e si spargevano ovunque per le cime.

Atena si fermò pensosa sulla soglia della casa a lei destinata, senza nemmeno guardarla. Imponente, maestosa, l'elmo calato sullo sguardo, si appoggiava alla lancia puntata a terra. La dea che governa le pieghe sublimi della mente, e impone ovunque giustizia. Zeus la concepí con Meti, sua prima sposa. Quando Meti rimase incinta, la inghiottí temendo che partorisse un figlio troppo saggio e potente, come le profezie gli avevano annunciato, e la tenne per sempre dentro di sé, ricevendo da lei la saggezza. Fu Zeus a partorire Atena, facendosi aprire la testa con un'ascia. Ne uscí la figlia perfettamente armata, e divenne la dea dalla mente accorta, abile stratega nelle battaglie, dotata di sapienza senza pari. La dea piú potente, dopo di lui: perché le profezie predicono solo quel che è già scritto.

Atena contemplava la dimora opera di Efesto, indifferente. Non varcava la soglia perché sapeva che non avrebbe condiviso quella casa con nessuno. Una casa è il contrario della guerra, fa nascere il desiderio di un'unione. E lei è la dea vergine guerriera, la sua casa sono le armi. L'amore è una possibilità che la sua mente non contempla.

Solo una volta qualcuno riuscí a prenderle il cuore: Pallade, la figlia del dio fluviale Tritone, l'amica con cui amava giocare, esercitarsi in arditi combattimenti. Un giorno Pallade stava per colpirla e Zeus con prontezza intervenne: frappose il suo scudo per fermare la lancia. Fu un attimo, Pallade si distrasse a fissare quello scudo, e Atena per errore la ferí a morte. Da allora volle chiamarsi Pallade Atena, e non permise piú che una passione le annebbiasse lo sguardo. Da allora la guerra è l'unico pensiero che le accende la mente.

Efesto conosceva quella storia, e molto se ne doleva. Seguiva spesso con lo sguardo la dea, ovunque si aggirasse, sempre sola. Ammirava quella solitudine armata, che lui volentieri avrebbe sciolto. Sarebbe stato felice, un giorno, di avvicinarsi a lei e di liberarla dalla corazza che le soffocava il corpo, la stringeva in lacci che erano la sua prigione. Avrebbe saputo prendere il cuore a quella dea potente che si tiene lontana dagli amori e pretende che nessuno la sfiori e nemmeno la guardi?

Ma erano guizzi balzani, pensieri fugaci che il dio zoppo s'impediva di far durare.

Anche gli dèi lontani e stranieri ebbero sulle cime sparse dell'Olimpo le loro dimore. Poseidone lasciò la reggia in fondo al mare, e Ade emerse dalle profondità degli Inferi. Entrambi vennero sull'Olimpo per trovare lí una dimora stabile: cosí aveva voluto Efesto, che tutti gli dèi avessero un posto sulla montagna, anche se altrove era il loro regno.

Persino Dioniso, il dio sempre straniero e viaggiatore, lasciò per un attimo il suo eterno peregrinare e venne a vedere che casa gli aveva fatto l'amico fabbro.

Su una delle cime piú alte, c'era il palazzo di Era. L'unico che Efesto aveva voluto costruire senza l'aiuto di nessuno, mescolando da solo tutti i metalli, e poi forgiando e limando fino a ottenere trasparenze che sembravano cristallo, su cui aveva incastonato le gemme piú preziose.

Quando la dimora splendente di Era fu pronta, lui non si fece vedere. Sparí nel nulla, come se non esistesse nessun artefice e quell'opera fosse nata per incanto.

Era fu l'ultima a prendere possesso della sua nuova dimora.

Altera, regale, stava ferma sulla soglia, esitando. Ammirava le splendide colonne, le pareti bronzee altissime che riflettevano una luce ambrata. Efesto la osservava da lontano, rimanendo nascosto.

E osservandola, solo allora, solo in quel brevissimo momento gli fu chiaro perché aveva voluto costruire le dimore degli dèi. Che idea spropositata aveva avuto? Non era necessario. Gli dèi non avevano bisogno di abitare luoghi chiusi dove ripararsi, non pativano pericoli né minacce, sull'Olimpo non c'erano tempeste e non pioveva e non nevicava, ma solo un'aria sempre tersa si spandeva, mai corrotta, e venti gradevoli che non facevano vortici. Eppure era stato un desiderio intenso, una smania. Come se non fosse nato per nient'altro se non per creare quell'opera. Era stato un sogno prepotente, assurdo e inconcepibile, eppure ricco di senso. Come tutti i sogni.

Il senso gli si svelò nell'attimo in cui vide Era avvicinarsi alla porta della dimora che lui, suo figlio, le aveva costruito.

Stava per varcare la soglia, sull'Olimpo dove nulla prima di allora aveva soglie o limiti. Vide il suo stupore divertito, come una fanciulla che sta per compiere un gesto mai compiuto e mai neanche immaginato, nuovo, elettrizzante. Quella sorpresa infantile, quella meravigliata allegria, era ciò che aveva voluto regalare a sua madre. Eccolo, il sogno. Le aveva concepite per lei, quelle inutili dimore.

E quando la vide sulla soglia, il viso velato dall'ombra della porta, gli sembrò di scorgere un sorriso. Nemmeno, solo la lieve increspatura di un labbro. Oppure sí, era un sorriso, che sua madre rivolgeva a lui, in segreto, senza rendersene conto, e conteneva forse un ringraziamento. Grazie, figlio non abbastanza amato, grazie per questa tua opera...

Parole che mai lei pronunciò, e lui mai udí. Parole che gli echeggiarono solo nell'anima.

Uscí dal nascondiglio. Gli prese il guizzo di andare da sua madre e dirglielo, che quelle dimore erano sue, che aveva abbellito l'Olimpo solo per lei; gli venne questo impulso non per ricevere ringraziamenti o lodi, ma per parlarle, perché non ne poteva piú di quel silenzio che tra loro scavava un solco invalicabile. E si diresse, arrancando piú veloce che poteva, verso la soglia che Era stava per varcare.

Una follia.

Vedendo il figlio avvicinarsi, lei cominciò ad arretrare e sparí dentro la sua dimora. Efesto fece in tempo a vederla sorridere ancora, un sorriso che però questa volta gli sembrò di scherno, e forse non era neanche un sorriso.

Furibondo, Efesto tornò indietro. I suoi passi claudicanti risuonarono lugubri sulle strade d'argento.

15.

A quel punto Efesto decise di andare a Cnosso

Impervie e sotterranee, le vie di una decisione. Pensò di seguire il consiglio di Prometeo soltanto quando ormai era del tutto inutile. La città celeste era costruita, e le mura le aveva erette come aveva saputo. Forse non erano perfette, forse avrebbe potuto far meglio. Ma cosí le aveva create, e ne era soddisfatto. Non aveva piú senso andare a spiare l'opera del famoso Dedalo.

Decise di andare a Cnosso perché il suo cuore non era in pace, la sua mente percorse quelle vie bizzarre che è inutile cercare di capire. Si chiamano capricci, o colpi di genio.

E poi è vero che la sua opera era compiuta e non poteva essere piú bella, ma vedere le creazioni altrui è sempre un bene per gli artisti. Porta al confronto, mostra lo spazio che si apre tra ciò di cui siamo stati capaci e ciò che avremmo potuto fare. Nutre il sentimento dell'umiltà, che è nobile coltivare soprattutto quando si raggiungono cime eccelse. Stare in alto e sapere che da un momento all'altro si può cadere: nessuno meglio di Efesto conosceva quella possibilità.

A Cnosso regnava Minosse, figlio di Zeus e di Europa, padre di Arianna e Fedra. Aveva sposato Pasifae, figlia del Sole, ma poi lei era stata presa dalla follia: si era invaghita di un toro, e da lui aveva avuto un figlio. Il Minotauro, il ragazzo mostruoso e infelice.

Pasifae si era impiccata a un albero, per la vergogna. E Minosse non poteva certo mostrare il figlio di quella colpa innominabile. Doveva ucciderlo, o nasconderlo. Non lo uccise. Incaricò Dedalo di risolvere il problema, di costruire una prigione dove rinchiudere per sempre il Minotauro. E Dedalo risolse il problema, ma non costruí una prigione.

Efesto non sapeva niente di Minosse. Lo disse solo a Ermes, che voleva andare a Cnosso per conoscere Dedalo.

– Cnosso è lontana, ti porterò io.

Prima di partire, Ermes gli raccontò di Minosse e gli parlò del Labirinto. Voleva che arrivasse preparato a quel che avrebbe visto. Aveva questa inclinazione affettuosa, fraterna, verso il dio zoppo. Voleva sempre aiutarlo, proteggerlo: non per negare quella disparità, ma perché li unisse invece di dividerli.

– Come troverò Dedalo? Mi aiuterai tu?

– Dedalo è l'architetto del re, non sarà difficile incontrarlo.

E aggiunse, assumendo un'aria quasi severa:

– Ma dovrai travestirti, non potrai essere tu.

– Dentro quale tuo inganno mi stai tirando?

– Dico che non ti conviene presentarti a Dedalo nelle vesti del sommo artista che sei, tutto qui. Devi far finta di essere nessuno, non so, un viandante, uno come tanti.

– E perché mai?

– Lo scoprirai. Adesso devi solo obbedirmi, sono anche il dio della prudenza. E per te è prudente fare come ti dico.

Ermes indossò i calzari alati e lo portò con sé in volo. In un attimo furono a Cnosso, e lí il dio messaggero lo abbandonò, dopo avergli mutato l'aspetto perché non sembrasse un dio. Gli tolse anche la deformità dei piedi, per il tempo breve del suo incontro con Dedalo, perché nessuno potesse ricondurlo al divino fabbro zoppo, nemmeno lontanamente.

Efesto s'incamminò per le strade di Cnosso, e provò uno stupore quasi colpevole a mandare avanti i passi giusti, a sentire il piacere di quell'armonia.

Non sapendo dove trovare il grande architetto, si diresse verso la reggia maestosa al centro della città. Ma fu attratto da un viottolo laterale bordato di fiori colorati che si perdeva in una pianura ricca di alberi. In fondo si stagliava un edificio basso, enorme, ancora in costruzione, di cui si vedevano solo le mura, spoglie, senza aperture, che sembravano estendersi all'infinito. Ovunque scale e lunghe corde e catene che sollevavano massi di marmo, e una nebbia di polvere bianca che saliva al cielo, e un battere continuo di martelli.

Non c'erano porte o varchi di alcun genere. Efesto girò a lungo intorno alle mura, in mezzo ai prati, finché non trovò un'entrata, piccola, seminascosta. Il sole calava e i rumori si stavano spegnendo. Entrò. E si trovò davanti altre mura, uguali a quelle esterne, che contenevano strade strette, circolari. Ogni tanto incontrava uomini al lavoro, imbiancati e coperti di sudore, che battevano sul marmo e sistemavano i blocchi uno sull'altro. Rivolse loro domande, ma nessuno rispondeva, gli facevano cenni con la mano che non capiva se fossero un saluto o l'invito ad andarsene.

Dove le mura non erano compiute si apriva qualche varco alla vista, e di lí Efesto poté vedere infinite abitazioni a forma di piccoli cubi bianchi, e in lontananza magnifici palazzi, come fosse una città. Provò a salire su una scala, e da lassú vide che non era una città. Erano un vortice infinito di mura, concentriche, tortuose, senza alcun tetto che le contenesse: mura che salivano perdendosi nel cielo. Un intrico incalcolabile di strade, che l'occhio non poteva seguire, continuamente ingannato da quelle sinuosità ininterrotte. Erano cerchi, che descrivevano altri cerchi e poi altri ancora, e anfratti, grotte segrete, meandri senza uscita, percorsi ritorti che non sembravano portare in nessun luogo. Un fiume che serpeggia, senz'acqua, e immobile. Un serpente dalle mille spire, costruito in marmo. O il disegno di una conchiglia immensa?

Fu preso da una vertigine, e abbandonò la scala. S'incamminò a ritrovare il varco da cui era entrato, ma cercava invano. Scendeva la sera, era stanco. E gli uomini se n'erano tutti andati.

Poi si fermò. Vide da lontano una figura che gli veniva incontro, bassa di statura, vestita con una lunga tunica bianca. Camminava assorta per una di quelle strade cieche, e quando gli fu vicino non sembrò nemmeno accorgersi di lui. Efesto salutò, e solo allora quell'uomo alzò lo sguardo. Era ormai quasi buio, ma Efesto vide che aveva occhi chiari, color dell'acqua marina, e non era né giovane né vecchio.

– Chiunque tu sia, straniero, non dovresti essere qui.

– Mi sono perso, – rispose Efesto.

– Allora sei come me.

– Non so chi sei...

– Sono uno che sa cosa significa fuggire. Da dove vieni?

– Da nessun posto in particolare, – mentí Efesto.

– I viaggiatori non appartengono a nessun luogo. Ma se vuoi fermarti qui, non farlo.

– Perché?

– Il re non ti riceverà. Il suo animo è nero come la notte.

– Lo conosci bene?

– Lavoro per lui, che mi degna della sua amicizia. Sono qui da anni... Ma adesso vattene, non ci puoi stare in questo posto.

– Non riesco a uscire.

– Certo. Ho costruito un luogo dove nessuno deve entrare, quindi non è previsto che ne esca.

Efesto ebbe un brivido. Senza saperlo, aveva scoperto il Labirinto. Quell'edificio strabiliante era la soluzione che Dedalo aveva trovato per nascondere il Minotauro: avrebbe anche potuto incontrarlo, il ragazzo mostro, nella trottola dei giri in cui si era perso. Non era una prigione, perché aveva un'uscita. Una sola. Bastava trovarla, ma era complicato. Le tortuosità della mente, i mille andirivieni dei pensieri, sono spesso il vero tormento dentro il quale ci troviamo chiusi. Là invece era l'inestricabilità dei percorsi, infiniti e tutti possibili, ma uno solo giusto. Di tanta crudeltà, ben peggiore di qualsiasi prigione, era stato capace Dedalo.

Era scesa la notte. Efesto seguí quell'uomo dagli occhi chiari, al buio, senza piú parlare, percorrendo i cerchi concentrici dove da solo senz'altro si sarebbe perso. Camminarono per molto tempo, prima di uscire.

In alto oltre le mura sbiadivano le stelle. Faceva giorno. Quando furono vicini a vedere la luce dell'uscita, Efesto gli domandò quel che già aveva intuito:

– Sei Dedalo, il geniale architetto…

– Sono uno che trova soluzioni.

– Mi piacerebbe vedere le tue opere…

Dedalo lo guardò di sbieco, un lampo di sospetto gli trafisse gli occhi.

– Perché?

– Perché tu sei artefice di bellezza.

– E tu come lo sai?

– Non lo so, lo spero. Perché solo la bellezza può curarci l'anima.

– Hai l'anima malata?

– Anche tu, mi pare.

Dedalo chinò lo sguardo. Qualcosa dello straniero aveva vinto la sua diffidenza. Fuori dal Labirinto, lo portò in un luogo segreto, lontano dalla città, dove c'erano solo alberi secolari, e una specie di tempio che si vedeva in lontananza. Ma non era un tempio. Erano colonne che formavano un padiglione rettangolare, e tra le colonne erano stesi grandi teli bianchi i cui lembi volavano al vento, di una stoffa spessa che non faceva intravedere niente all'interno: mura anche quelle, ma leggere come l'aria.

Dedalo scostò uno di quei teli, e lo fece entrare.

Statue. In quell'immenso salone che in alto lasciava libero il cielo, erano sparse centinaia di statue. Figure maschili e femminili, in tutte le pose. Corpi perfetti, in piedi, sdraiati, in atto di scagliare una lancia, di bere da una coppa, di accennare un passo di danza. Le braccia ad arco, il viso reclinato, gli occhi socchiusi o spalancati.

Efesto avanzava lento, si soffermava sui gesti, sui particolari. S'incantava sulle pieghe di una veste, sulla fattura mirabile di un ricciolo. Non aveva mai visto opere come quelle. Lui era capace di creare figure col metallo, certo. Graziose ninfe, cavalli imbizzarriti, guerrieri. Ma erano figure incise a sbalzo, in rilievo. Al massimo ciondoli, pesciolini dorati o conchiglie. Mai aveva immaginato che si potessero creare persone in marmo, raffigurandone i gesti, persino gli sguardi, le pieghe della pelle, le vene sottili.

– Ti piacciono?

– Dimmi come si fa...

Dedalo sorrise. Lo portò davanti a un blocco di marmo, gli diede in mano un martello e uno scalpello e gli disse di provare. Efesto diede un colpo secco, che spaccò il marmo, facendone saltare un angolo.

– Ecco, cosí. Ci giri intorno, è come una danza. E mentre giri devi solo togliere, liberare, dare spazio. Finché non ti appare un corpo che sembri quasi capace di muoversi, e allora sai di essere arrivato. L'arte sublime è quella che afferra il movimento, e lo blocca per sempre rendendolo immobile. Lo so, è un controsenso, un nodo inestricabile... Ma è un gioco che vale la pena di giocare, non credi? Ora vieni con me, ti porto a vedere una cosa che non hai mai visto!

Efesto lo seguí. Era quello che voleva, e si stupiva di quanto fosse stato facile ottenerlo: Dedalo gli mostrava lui stesso le sue opere, senza bisogno di chiederglielo.

Lo condusse in una stanza segreta. Anche lí c'erano statue, ma non come le altre. Dedalo si avvicinò a un giovinetto seduto con le mani in grembo, mirabilmente scolpito, gli prese un braccio, glielo alzò e lo fece ricadere: e quel braccio si mosse, alzandosi e poi ricadendo. Come fosse vivo.

Dedalo aveva inventato statue semoventi. Dedalo sapeva muovere le statue... Bambole, guerrieri, anche animali. Gli mostrò un cavallo in miniatura, lo sfiorò appena e sembrò che partisse al galoppo.

Efesto se ne stava muto, sbalordito. Era molto di piú di quanto avesse mai sperato di vedere. Non rivelò a Dedalo quanto gli fosse prezioso ciò che gli aveva mostrato, e che il segreto di quell'arte inaudita se lo sarebbe portato via con sé. Gli espresse però la sua infinita ammirazione, e molto lo ringraziò.

Ma poi commise un errore.

Stavano uscendo, e chissà come gli cadde l'occhio su una statua in particolare, che poteva sembrare uguale alle altre ma non lo era. Una fanciulla, con un velo che le copriva parte del corpo lasciando le spalle nude. Una mano, leggera, sfiorava il ventre. E un sorriso era scolpito, cosí lieve che pareva un soffio di vento sulle labbra.

Scolpire un sorriso nel marmo: riprodurre, in tale durezza, la leggerezza del tocco di una mano!

– Questa è la piú bella statua che tu abbia scolpito! – disse Efesto, esaltato.

Dedalo ebbe una scossa, i muscoli del viso contratti.

– Bravo! Questa è l'unica statua che non ho fatto io.

Efesto non poteva sapere. La sua frase incauta risvegliò in Dedalo l'atrocità del suo passato. Fu un lampo accecante, una ferita in pieno petto. Si sedette sul primo blocco di marmo che trovò, il grande scultore e architetto, e parlò. Con una voce fonda che sembrava venire dagli abissi.

– Sei qui solo di passaggio, sei uno straniero come tanti. Non so neanche come ti chiami, e non m'importa. Sono arrivato qui vent'anni fa, e ho fatto di tutto per dimenticare. Credevo di esserci riuscito. Ma tu che non sai nulla di me, ora in un attimo vanifichi ogni sforzo e mi riporti al peso della mia vita. Vuol dire che il tempo è inutile che trascorra. Non cancella niente, non lava le colpe.

Fuggivo, come mi sembra stia facendo tu. Anche se non so da cosa. Oppure no, tu non sei uno che fugge. Hai l'aria di cercare qualcosa che non mi hai nemmeno chiesto. Mi piacerebbe almeno sapere se l'hai trovato... Ma ci siamo parlati poco, non è cosí? Io ho creduto di parlarti mostrandoti le mie opere, e tu niente, ti sei tenuto il tuo segreto. Ma hai involontariamente rinnovato il mio tormento, quindi ora devi sapere.

Minosse mi ha offerto ospitalità, pur sapendo il crimine che avevo commesso. Per questo gli sono grato, e lavoro per lui. Qualsiasi cosa mi chieda, m'ingegno a costruirla. Anche questo assurdo labirinto che non ha senso è solo il percorso di una danza. C'è un mostro, là dentro. Forse c'è un mostro in ognuno di noi, e bisognerebbe solo affrontarlo, invece di rinchiuderlo. Ma di questo non posso dire, non chiedermi niente.

Devo tutto, al re Minosse. Senza di lui non sarei qui. Ero stato condannato a morte, lui mi ha accolto e da allora mi nasconde. Avevo ucciso un uomo. Un ragazzo. Si chiamava Talo, era il mio allievo. Gli insegnavo tutto quel che sapevo della mia arte. E lui imparava, fin troppo bene. Era piú bravo di me. Mi superava. Non l'ho sopportato, e l'ho ucciso. È Talo che ha fatto la statua che ti piace. Hai ragione, è la piú bella. Molto piú bella delle mie. Ha qualcosa in piú, che ho rincorso a lungo e non ho mai capito. Per questo non potevo sopportare che lui vivesse.

Non te l'aspettavi, vero? Davanti a te hai un assassino. Il piú turpe degli assassini, per giunta, perché è stata solo l'invidia a muovere la mia mano, nient'altro. Talo non se lo meritava, era un allievo rispettoso e gentile. E io l'ho ucciso. Un giorno aveva raccolto la spina di un grosso pesce e s'era accorto che poteva usarla per tagliare un bastone. Aveva inventato la sega, da una stupida spina di pesce! E poi la ruota per i vasai, e il compasso per tracciare i cerchi. Capisci? Era uno che sapeva inventare. Vedi cos'è il genio, e cosa vuol dire non possederlo? Insopportabile. La sua fama ad Atene diventava sempre piú grande.

L'invidia, sí, inutile negarlo. Difficile combatterla. È un male che ti rode dentro e ti scava voragini di dolore. Un

dolore che non riesci a tollerare, e di cui provi vergogna: non lo puoi dire a nessuno, ma non te lo puoi nemmeno tenere; e cosí lo riversi contro colui che invidi, quel dolore sbagliato che non dovresti avere. Ma poi, cos'è sbagliato e cos'è giusto? Che ne sappiamo noi, straniero?
Ho portato Talo sull'Acropoli. L'ho convinto con l'inganno a salire sul tetto di un tempio, gli ho detto che volevo mostrargli qualcosa che si muoveva molto lontano. E l'ho spinto giú dal cornicione. Sono corso a raccogliere il corpo e l'ho chiuso in un sacco, volevo almeno seppellirlo. A chi m'incontrava con quel peso sulle spalle dicevo che avevo raccolto un serpente morto. Ma dal sacco cadevano gocce di sangue. Sono stato condannato per omicidio e sono fuggito in esilio.
Ho imparato a dominarla, l'invidia. O almeno credo. Però continuo a chiedermi: se venisse ora da me un artista, un grande artista; se vedessi le sue opere e le trovassi piú belle delle mie... Non so se sarei capace di non ucciderlo.

Efesto tornò in città, dove Ermes lo aspettava per riportarlo sull'Olimpo.

– Allora, com'è andata?

– Bene.

– Hai visto quel che volevi vedere?

– Ho visto.

– E ti è servito?

– Molto.

– Va be', amico, vedo che non hai voglia di parlare.

Efesto non gli raccontò nulla, tenne per sé il suo turbamento. Ora gli era chiaro, Ermes sapeva chi era Dedalo, per questo gli aveva detto: Non dire mai che sei un artista. Per proteggerlo. E gli aveva anche cambiato l'aspetto.

Stava in silenzio, durante il viaggio di ritorno. Era un male provare invidia, di sicuro. Ma era un male anche essere invidiato, sentire addosso gli occhi torvi di chi vuole la tua rovina perché vorrebbe quel che hai tu. La provava spesso con Ares, quella sgradevole sensazione, Ares che lo guardava lanciandogli fiamme di odio.

Dedalo non sapeva che di lí a poco Minosse lo avrebbe rinchiuso nel Labirinto, per punirlo di aver aiutato Pasifae a unirsi al toro. Lui e suo figlio Icaro, entrambi prigionieri nell'edificio che per il momento stava ancora costruendo. Non sapeva che avrebbe ideato ali per fuggire, ma che la cera di quelle ali si sarebbe sciolta al sole, e suo figlio sarebbe precipitato.

Dedalo non seppe mai nemmeno di aver incontrato Efesto, il fabbro eccelso che aveva costruito il carro del Sole e le dimore degli dèi. Lo scambiò davvero per un viandante.

Solo all'ultimo, mentre Efesto si allontanava, percepí qualcosa, sentí dentro di sé una vampa che gli prese il respiro. Si voltò, ma la strada era deserta.

Gli dèi appaiono, e come sono apparsi spariscono. E gli uomini riconoscono sempre un dio, quando lo incontrano. Lo sanno dentro l'anima con esattezza, di aver incontrato un dio. Ma solo un attimo dopo, quando è tardi e il dio se n'è già andato.

È quell'attimo che ci divide dalla divinità.

16.

Efesto non partecipava alle assemblee degli dèi, e Afrodite ne pativa, lo guardava storto, quel dio sbagliato che Zeus le aveva imposto come sposo; se ne andava sdegnosa e sedeva da sola tra gli altri olimpi.

Efesto non andava alle assemblee perché erano perlopiú discorsi inutili e a lui non interessavano le elucubrazioni, l'abilità d'eloquio, i giri retorici con cui agghindare le parole. Chiacchiere a vanvera, passatempi per chi vive nell'ozio e quell'ozio riempie con giochi di potere. Lui aveva da fare: era l'unico dio che lavorava, lassú. Meno che mai amava schierarsi con gli uni o con gli altri, battersi perché un piano vincesse, perché una scelta s'imponesse. Per cosa? Non si credeva cosí rilevante, il dio che per ultimo era stato accolto nel consesso degli dèi. Non pensò mai l'Olimpo come sua patria, e non si ritagliò mai nessun potere. Si aggirava lassú come se non fosse un dio, portava il suo lavoro dove ce n'era bisogno.

In realtà non riteneva nessuno di loro rilevante. Ciò che deve succedere succede, che lo vogliano o no gli dèi. Non dipende dalla volontà divina. Ananke e Tyche governano gli eventi, Necessità e Fortuna. Gli dèi non sono onnipotenti, anche se amano credersi tali: possono conoscere il destino, ma non determinarlo. Persino Zeus, che decide e comanda le sorti di ognuno, sa bene che c'è sempre qualcosa che sfugge al suo potere, e non è mai un dettaglio.

Cosí la pensava Efesto. E girava al largo dalla grande Sala del Consiglio. Ma un giorno, mentre passava da quelle parti, udí un parlare acceso, forse un litigio. Riconobbe la voce di sua madre, che urlava piena d'ira. E si accostò.

– Come osi trattarmi cosí, Zeus? Complottare in segreto e decidere seguendo quello che ti passa in mente, senza mai dire a me quel che pensi, mai rendermi partecipe dei tuoi progetti!

– Non conoscerai mai il mio animo, Era, fattene una ragione. Saprai da me soltanto ciò che è conveniente tu sappia.

– Io siedo al tuo fianco e con te regno sull'Olimpo. Ti sono pari, eppure tu mi consideri cosí poco. Io però ti conosco, lo so cosa ti passa nel cuore... Ma dovrai vedertela con me, anch'io posseggo un potere immenso e...

– E cosa? Osi forse minacciare me, il signore degli dèi? Taci, una buona volta! Siedi senza parlare (ne sei capace o no?) e obbedisci ai miei ordini!

Cosí si scontravano di fronte a tutti gli altri dèi, Era e Zeus, e le loro parole erano violente. Efesto non sapeva quale fosse la causa del litigio, da che parte s'annidassero le ragioni e i torti. Ma lo prese una furia incontenibile, una smania: la voglia di lanciarsi a difendere sua madre.

Non era la prima volta. Sentiva sempre quell'impulso, quando Era e Zeus litigavano. E stava sempre dalla parte di sua madre, anche adesso: voleva entrare nella Sala del Consiglio, spaccare tutto, affrontare Zeus e chiedergli come osasse trattarla cosí.

Poi si diceva di no, che era meglio parlare a entrambi, e provava dentro di sé le frasi: Smettete di combattervi, e rinnovate l'amore che vi lega. Non porterete che tristezza nel cuore di tutti gli dèi. Nemmeno il banchetto eterno sarà piú un piacere. Non ci sarà nessuna gioia sull'Olimpo, se voi continuerete a farvi la guerra...

Ma soprattutto era a sua madre che pensava di parlare, rivolgendole parole di dolcezza che le portassero calma e la aiutassero a fare pace.

Un discorso a sua madre... A una madre che ancora, pur vivendo da tempo insieme a lui, in quello stesso Olimpo luminoso, non gli aveva mai parlato, mai rivolto un cenno… Come può immaginare di parlarle, lui, l'ultimo degli dèi, il figlio non voluto? Ma se non le parla, se non interviene, se non prova neanche a contrastare la violenza di Zeus, che ne sarà di lei?

Efesto si tormentava, di continuo rimuginava quei discorsi nella mente. Non sono il figlio che volevi. Anche ora, ben poco ti sono accanto. I miei passi vagano altrove, dove il fuoco alimenta le mie opere… Parole che non diceva. Parole che gli volteggiavano tumultuose e vane. Soffriva restando in disparte, nascosto dietro la soglia, lasciando che dentro di sé si scatenassero pensieri opposti, a fargli guerra.

Il litigio ora s'era placato. Era stava seduta in silenzio davanti a Zeus, facendo forza al suo cuore.

Gli dèi, che avevano ceduto all'ira anch'essi, e parteggiato per l'uno o per l'altra confusamente, ora a poco a poco spegnevano l'ardore e ritrovavano una pace. Perché nulla è mai vero e profondo sull'Olimpo, e nessuna furia dura piú d'un batter d'ali, ma subito gli dèi beati sono presi da altri pensieri, altri capricci, altre ire, perché non s'interrompa il gioco di vivere in eterno.

Una dea, però, si era accorta di Efesto, del suo starsene in disparte per tutto il tempo. Demetra, la signora delle messi e dei raccolti, sorella di Zeus e di Era e degli altri dèi olimpi, la dea che piú di tutti conosceva il dolore poiché le era stata strappata via la figlia. Lasciò l'assemblea, mentre gli dèi ancora parlavano, e si avvicinò a Efesto con una coppa in mano.

– Bevi, fra poco ricomincerà il banchetto. Non privarci della tua presenza, tu che sempre te ne stai chiuso a tenere acceso il fuoco.

Efesto esitò e non prese la coppa che gli offriva, mantenendo lo sguardo cupo.

– Dici bene, Demetra. Il mio fuoco non è mai spento.

– Non ti dico di spegnerlo, Efesto. So che non ti è possibile, e che per sempre dovrai bruciarti a quella fiamma. Ti dico solo di non perderti il resto.

– Quale resto?

– Tutto quello che i tuoi occhi possono vedere. Tutto quello che, a differenza mia, non ti è stato tolto.

– Che ne sai tu di cosa mi è stato tolto?

– Tua madre non ti è stata tolta, la puoi guardare ogni volta che desideri. Non è poco...

– Mia madre è un fantasma che cammina, non esiste.

– Cosí offendi il mio dolore. Dimentica per un attimo la tua sorte e pensa alla mia. Ogni volta che si coprono di neve i monti, mia figlia è altrove, lontana dagli occhi. I tuoi invece sempre si possono posare su tua madre, sia che tu le parli sia che te ne rimanga chiuso dietro i tuoi muri mentali. Gli sguardi possono parlare, piú che le parole, che volano e si perdono in niente.

Demetra gli disse che sua figlia era Persefone, l'aveva generata con Zeus. E proprio Zeus aveva permesso che il loro fratello Ade la rapisse.

– Il pallido dio dei morti s'era invaghito della mia Persefone e chiese a Zeus il permesso di prendersela in sposa e portarla con sé negli Inferi. Zeus acconsentí. Ma non mi disse niente, il vile. Ade spaccò la terra e da quella voragine uscí col suo carro e rapí mia figlia mentre coglieva fiori. E io che non ne sapevo niente vagai per lungo tempo senza trovarla. Finché il Sole che tutto vede mi disse dov'era. Allora lasciai l'Olimpo e giurai di vendicarmi. Era facile, mi bastò rendere la terra arida. Zeus, davanti a quel deserto che non dava piú frutti, fu costretto a rimangiarsi la parola. E l'accordo che fu trovato è questo: Persefone per sei mesi può vivere con me, ed è il tempo in cui sulla terra nascono le erbe e i fiori; l'altra metà dell'anno deve passarla col suo sposo, e la terra diventa gelida come il mio cuore. Ti dico solo questo: non fare del tuo dolore un inverno che non passa.

Efesto prese la coppa, che Demetra ancora teneva in mano, e la ringraziò senza dire altro. Ma non bevve. Lasciò in fretta il suo nascondiglio e irruppe nella sala, perché un pensiero impetuoso lo aveva preso.

L'assemblea s'era sciolta, e gli dèi in piccoli gruppi si preparavano al banchetto solito. Zoppicando, Efesto si diresse verso sua madre e le porse la coppa. Nient'altro, solo quel gesto nudo, che non riuscí a trovare parole. Anche Era non disse niente. Prese la coppa dalla mano del figlio, e per un attimo posò lo sguardo su di lui.

Per quell'attimo, che svaní subito come un sogno, Efesto rimase immobile, incredulo. Poi si mise a versare a tutti il nettare, correndo avanti e indietro per la sala con le sue anche sbilenche. Gli dèi ridevano, a vedere il dio zoppo tanto indaffarato.

Tutto il giorno, fino al calare del sole, banchettarono al canto delle Muse che la cetra di Apollo accompagnava. Poi, quando l'ultimo raggio si nascose, raggiunsero le dimore splendenti e attesero che il Sonno li prendesse con sé.

17.

Teti si mostrava poco tra gli dèi. Andava sull'Olimpo solo per rivedere Efesto, di tanto in tanto, quel figlio non piú suo e troppo a lungo escluso, beandosi della fucina celeste, delle opere magnifiche che andava creando, della grande considerazione in cui era tenuto.

Era l'unica dea a non aver chiesto nessuna opera per sé, al grande fabbro divino. Dimmi che cosa desideri e sarò felice di esaudirti, le diceva ogni volta Efesto. E la dea sorrideva: Ho avuto il dono di vederti crescere, e in quel tempo tutto nostro mi riempivi di gioielli... Cos'altro potrei desiderare?

C'era una ragione che la teneva lontana dall'Olimpo. Teti temeva la punizione di Zeus, e quel pensiero le toglieva ogni desiderio. Aveva rifiutato l'amore del dio per non tradire Era, e adesso sapeva che cosa le sarebbe toccato: sposare un mortale. Ignorava soltanto il nome del prescelto, e lo aspettava come una condanna.

Gli olimpi erano d'accordo: nessun dio poteva sposare Teti. Siccome avrebbe generato un figlio straordinario destinato a superare il padre, lo avrebbe avuto con un uomo.

La profezia aveva dissuaso Zeus dall'amare Teti, ma non certo dal punirla: non poteva permettere che qualcuno sfuggisse alle sue brame. Doveva solo decidere chi tra i mortali gli sembrava piú adatto. E ci metteva tempo, perché nonostante tutto l'amava, quella dea che non aveva potuto avere, e pur volendola punire desiderava trovare un uomo degno.

Alla fine si decise: Peleo. Il figlio di Eaco.

Zeus aveva a cuore Eaco, perché era suo figlio. Lo aveva concepito con Egina, di nascosto da Era. Eaco regnava su un'isola ormai disabitata, che in onore di sua madre aveva chiamato Egina, e Zeus volle fargli il dono di ripopolarla, affinché avesse dei sudditi sui quali governare: trasformò le formiche dell'isola in esseri umani. E quegli uomini si chiamarono Mirmidoni.

Peleo era un uomo sventurato e pio. Di molti crimini si era macchiato, ma aveva sempre trovato il modo di purificarsi: fuggiva, cambiava luogo, e ogni volta altrove ricominciava una nuova vita.

Dovette lasciare l'isola natale, perché si fece coinvolgere nell'uccisione del fratellastro. Fu costretto a fuggire anche da Ftia, dopo che uccise il suocero, accidentalmente, durante la caccia a un cinghiale. Arrivò a Iolco, in Colchide, dove regnava Pelia, il re usurpatore che mandò Giasone a rubare il vello d'oro perché trovasse la morte e non gli insidiasse il regno. Peleo partecipò all'impresa, seguí Giasone, e insieme agli Argonauti solcò il mare con la prima nave al mondo. E quando tornarono vincitori e Pelia fu ucciso, suo figlio Acasto divenne re, e presso di lui Peleo trovò accoglienza, e ancora una nuova vita.

Ma la moglie di Acasto s'innamorò di lui e, rifiutata, si vendicò accusandolo di averla insidiata. Acasto voleva uccidere Peleo, ma non di sua mano. Lo portò a caccia sul monte Pelio e mentre dormiva gli sfilò la spada, nascondendola sotto lo sterco delle vacche, perché i Centauri che abitavano lí lo trovassero disarmato e ne facessero scempio. Zeus lo salvò. Mandò Ermes a restituirgli l'arma prima che i Centauri arrivassero. E Peleo uccise Acasto, e anche la sua bugiarda moglie, facendola a pezzi.

Zeus scelse quest'uomo per punire Teti, perché ne avesse figli mortali. Un uomo che aveva ucciso, ma non era colpevole. Un uomo capace di lavarsi ogni macchia, fiducioso negli dèi.

Peleo obbedí al volere di Zeus, che sempre onorava. Cercò in tutti i modi di prendere Teti per farla sua sposa, e in tutti i luoghi la rincorse, per terra e per mare. Ma appena la raggiungeva e stava per afferrarla, lei si mutava in altro. Perdeva il suo aspetto di fanciulla e diventava acqua, e subito dopo fuoco, serpente, leone, lepre, aquila. Non lo voleva. Non voleva unirsi a nessuno, e a un mortale meno che mai. Sa che trasformarsi è l'unico modo di fuggire. È figlia di Nereo, il dio delle metamorfosi.

Peleo era sul punto di rinunciare. Affranto, diceva a Zeus che non era degno della sua fiducia, che cercasse un altro. Ma venne Chirone a dargli consiglio, il centauro saggio, figlio del dio Crono che sotto forma di cavallo s'era accoppiato con una delle figlie di Oceano.

– Teti è una divinità mutevole, fluttuante. Conosce bene l'arte di non farsi prendere. Ma dev'essere tua sposa, a questo ti costringe Zeus. C'è solo un modo: tieni saldo l'abbraccio, imprigionala. In qualunque forma lei si trasformi, tu non andartene e non lasciare la presa. Anche se è acqua che ti scorre tra le dita, anche se è tigre che ti sbrana o corvo che ti dilania le carni col becco, resisti. Nulla muta mai per davvero, i cambiamenti sono finzioni senza durata: passano, e le cose ritornano sempre alla loro forma vera, che è una sola.

Cosí fece Peleo. Anche se non era facile obbedire a quel consiglio. C'era un isolotto, davanti al monte Pelio, dove Teti cercò di scappare. Quando Peleo la raggiunse, lei si trasformò in seppia. Viscida e veloce, sgusciava da ogni parte e schizzava nero inchiostro. Peleo fu avvolto da quell'oscurità profonda, ma non la lasciò andare. Fino a che Teti tornò quella che era, e Peleo la prese.

Ormai Teti era caduta nella trappola del suo destino. Ma a un certo punto sentí il bisogno di andare da Efesto, lasciò la sua grotta sottomarina, emerse dalle onde e salí all'alba verso il grande cielo, sull'Olimpo.

Non sapeva neanche lei perché. Non veniva a chiedere nulla, nessun dono che lui le dovesse forgiare. Forse cercava quel bambino che aveva allevato e che non c'era piú. La madre che si rivolge al figlio per chiedere riparo, come se colui al quale ha dato sempre protezione potesse ora proteggere lei, o almeno consolarla. La pena che teneva in cuore veniva a dirla al figlio amato.

Entrò nell'immensa fucina olimpica. Gli sedette accanto, mentre lui lavorava al fuoco. Stava forgiando un'enorme statua, un essere gigantesco dal volto barbuto. Al posto degli occhi, il fabbro divino aveva scavato due buchi profondi, senza sguardo.

– Hai ancora incubi?

– No, visioni.

Era Poseidone, che Efesto era intento a creare, cosí come fugace gli era apparso da bambino, quando lavorava nella sua fucina degli abissi e aveva visto l'ombra del dio marino, il suo volto passare sulla soglia a curiosare, senza sguardo. Ne aveva avuto sgomento, e quello sgomento ora cercava di ritrarre nel bronzo.

Teti lo guardò lavorare, per un po'. Ma la sua mente era oppressa, cercava nelle parole una via d'uscita.

– Zeus ha trovato per me lo sposo, ha scelto tra i mortali un uomo che si chiama Peleo.

Vincendo il pudore, gli raccontò la sua unione terribile con Peleo, che lei non voleva, sull'isolotto che si chiamò per sempre lo Scoglio della Seppia.

– Ma perché ti parlo? Tutto è già successo, – gli disse alla fine, in lacrime.

Efesto aveva smesso di lavorare ed era rimasto in piedi, bloccato, il martello ancora in pugno. Stava come si sta davanti a un verdetto, senza sapere cosa dire, serio e annichilito. Poi gli uscí una frase che non aggiungeva niente, la voce fonda:

– Di ciò che non si può cambiare, è inutile parlare, – disse.

Rimase assorto. Finché non gli venne un'idea improvvisa per distrarla. Posò il martello e prese Teti per la mano, come un fanciullo che ha voglia di giocare:

– Vieni con me, ti mostro la tua dimora.

Ne aveva costruita una anche per lei, senza dirglielo, scintillante tra le vette, sebbene sapesse che Teti era signora degli abissi. Viaggiarono tra le cime, Efesto la guidava col suo passo malfermo, e arrivarono in un avvallamento erboso. La casa si ergeva lontano dalle altre, sola, a ridosso di una roccia, riparata, ma invasa tutto il giorno dal sole. Teti era sorpresa, imbarazzata.

– Ma io non abiterò mai qui.

– Lo so, ma il tuo posto è tra gli dèi.

Efesto la guidò all'interno, dove le pareti di bronzo ben levigato riflettevano le loro immagini affiancate. Sembravano il dipinto di un pittore innamorato. Il canto delle Muse si diffondeva, attenuato. E gli occhi, in quell'interno, si riposavano dal sole.

– Le nozze saranno sul monte Pelio e...

– E?

Teti non osò continuare, non osò raccontargli tutto il suo dolore per non fargli altro male. Gli guardava le mani, forti, la pelle ruvida segnata di ferite.

18.

Tutti gli dèi erano invitati, della terra e del mare. Anche le ninfe dei boschi, dei fiumi e dei laghi, e i Satiri e i Centauri, e le infinite divinità che si aggirano incognite per il mondo. Sarebbero state le nozze piú grandiose, cosí aveva decretato Zeus.

Efesto cominciò a costruire le sue opere. Non poteva evitare che la sorte di Teti si compisse, ma voleva che almeno avesse una festa meravigliosa.

Si fece aiutare dagli dèi Dattili. Chiese un po' della loro magia, e creò i tripodi semoventi, piccoli recipienti che si spostavano sui tre piedi, e tavoli muniti di piccole rotelle, capaci di percorrere enormi distanze: perché sulle cime e lungo tutte le pendici del Pelio fino al mare si sarebbe svolto il banchetto immenso. Costruí letti in grado di sollevarsi da terra e oscillare mollemente come sospinti da un vento, anfore che versavano da sole il nettare, mura che sparivano nel nulla quando veniva la notte e di giorno si ergevano a riparo del sole che abbagliava. Tappeti mobili che portavano lontano senza bisogno di camminare. E ovunque fiaccole sospese, a reggere piccoli fuochi sempre accesi.

Ma non era abbastanza. Il numero degli invitati era infinito, ci voleva qualcuno che aiutasse, che facesse da servitore. E non poteva essere nessuno degli dèi. Chi dunque? O che cosa? Architettava piani sempre piú arditi, di cui non faceva parola.

La sera era stanco, e la notte riposava male. Afrodite, distratta e sfuggente, gli era accanto. Ma lo lasciava solo.

Lui avrebbe voluto mostrarle il lavoro già fatto e ogni tanto le parlava, perché almeno attraverso le parole vedesse i progetti che gli tempestavano la mente. Lei ascoltava e non ascoltava. Coricata al suo fianco, sembrava sempre altrove.

Una notte, sulla soglia della loro dimora, guardavano le stelle. Efesto gliele indicava una per una, raccontandone la storia. Ma Afrodite era inquieta, lo interrompeva di continuo e lo stuzzicava.

– C'è un uomo che mi ama, – gli disse.

– Chi?

– Cosa t'importa del suo nome? Mi vuole sposare, non è buffo?

– Nessuno può farlo, sei la mia sposa.

– Ogni volta che la notte scende mi invita nel suo letto, mi accarezza le spalle, mi bacia sul collo...

– Sei con me tutte le notti, che cosa dici?

– Non sono mai con te, Efesto, lo sai. Hai sposato un fantasma che credi vero. Anche lui mi crede vera...

– Tu sei vera.

– Non per lui. Ha scolpito una statua! Pensa, una statua uguale a me, una donna bellissima.

– Dimmi chi è!

– È il re di Cipro, Pigmalione. È un grande scultore, e mi ama attraverso la statua.

– La tua bocca parla per farmi impazzire. Nessuno può amare una statua.

– Lui può. Mi parla, mi porta alle feste, mi offre da bere. E mi fa giacere ogni notte accanto a lui...

Efesto non sapeva se fosse vero quel che gli diceva, non capiva che storia fosse, che gioco perverso. Vedeva Afrodite euforica, invasa da un'allegria quasi malvagia.

– Non sei tu quella con cui giace. Tu sei qui con me, e sei una dea, non una statua.

– L'amore è un gioco molto eccitante, Efesto. Io sono qui, e sono con lui a Cipro. Sapresti dire chi è la dea e chi è la statua?

– E allora vai da lui e smetti di provocare la mia ira! Corri, sparisci, toglimi dagli occhi la tua presenza odiosa!

– Che dici? Sono o non sono la tua consorte? Forse non mi vuoi piú?

Era maliziosa, Afrodite, e seducente.

– A volte penso che non esisti, che sei una mia creazione.

– Lui mi ha creata, e pensa che io esista.

– A tanta follia conduci gli uomini?

– Hai ragione, non è giusto. Hai dei consigli per rimediare?

– Taci!

– Ma sí, non importa. Ho già rimediato. Non volevo dirtelo, ma ascolta, cosí ti calmi. Sono volata da lui a Cipro e gli sono apparsa. Era... sí, era stupito, direi. Non se l'aspettava, che io comparissi. Ma ho fatto bene, no? Quell'uomo meritava che io esaudissi i suoi desideri, anche se impossibili. Non ti pare?

– Che cosa hai fatto?

– Semplice. Gli ho parlato. Mi hai molto pregato, e molto hai creduto in me. Non ti deluderò, glorioso re di Cipro. Hai scolpito la donna che volevi, perché sulla Terra non l'avresti mai trovata! L'hai scolpita perché corrispondesse ai tuoi sogni, e io sono qui a dirti che sognare è un potere immenso... Ora vai a casa, e avrai il suo respiro accanto. Il respiro, capisci, Efesto? Gli ho detto *il respiro*, e lui mi ha guardata... Sapessi come mi ha guardata...

– Afrodite, perché mi racconti questa storia?

– Tu mi hai avuta, ma non conosci l'amore. Non sai l'ampiezza che può assumere. Io sono soltanto il dono con cui Zeus ti ha risarcito, e ha creduto di lavare la colpa di Era. Ora non vuoi conoscere la fine della storia? È la parte piú bella, ti farebbe bene...

– Sei crudele...

– Ebbene, Pigmalione entra nella reggia e corre dove aveva lasciato la sua statua. Non la trova, la nicchia è vuota. L'avessi visto, come vagava per le sale... Alla fine però la statua gli viene incontro. Sí, hai capito bene, gli viene incontro, cammina. Cammina leggera come un uccello che sorvola il mare, e quando gli è vicino muove le labbra in un sorriso, e gli dice di averlo tanto atteso. Ecco com'è finita, Efesto. Ho reso viva la sua statua.

Afrodite smise di parlare, il suo sguardo lo provocava. Si avvicinò, con una lunga carezza gli percorse il volto barbuto. Poi, prima di sparire come al solito in un lampo, gli disse, snudandosi le spalle:

– Dimenticavo... Quella donna ha la pelle bianca che sembra avorio. Proprio come la mia...

19.

Chi può dire che cosa muove gli ingranaggi della mente? Ricordi del passato o bagliori che arrivano dal futuro? La rabbia a lungo soffocata o la dolcezza di un affetto sempre rincorso? Che cosa ci fa creare ciò che non è mai stato?

Efesto era spinto da un fine pratico: costruire qualcosa per le nozze di Teti che fosse d'aiuto durante il banchetto. Ma la storia di Pigmalione, pur dolorosa, era troppo bella perché non agisse in lui. Agí, e forse si mescolò a ricordi che oscuramente, senza volere, proprio in quel momento trovarono la via per riemergere: le statue semoventi di Dedalo, quelle figure danzanti dagli arti snodati che gli aveva mostrato in segreto.

È possibile che uno stesso senso legasse quelle storie tra di loro, e ne facesse, nella mente di Efesto, un unico pensiero sebbene non cosciente e mai espresso, neanche a se stesso: quando l'amore manca, ci viene da sostituirlo con immagini fittizie, con cui crediamo di far rivivere l'assente. Spesso una statua è ciò che ci consola.

Efesto costruí fanciulle d'oro. Fanciulle in grado di muoversi e camminare, parlare, abbassare lo sguardo e arrossire. Capaci anche di pensare, e di intuire i pensieri altrui.

Si chiuse nella sua fucina e vi rimase per un tempo lunghissimo. In un certo senso ritornò bambino, ripiombò nella chiusura della sua infanzia, che lo aveva portato a diventare artista. Di nuovo, non esistevano piú né giorno né notte. Dimenticò la luce del sole e l'aria sulla pelle. Dimenticò le stelle. Si sottopose a una fatica immane, dove la forza della mente e delle braccia erano una cosa sola, indistinguibile.

E non faceva entrare nessuno, perché nemmeno uno sguardo disturbasse la creazione di quei portenti di cui lui stesso ignorava i meccanismi, e di cui per primo si stupiva. Lavorava curioso e incredulo, come se non fosse lui l'artefice. Eppure in quell'opera sorprendente c'era tutto di lui. C'era quel che aveva visto del mondo e quel che aveva imparato dagli altri, c'erano i discorsi con Prometeo, i voli con Ermes, gli incubi di quand'era bambino; l'amore per una madre che non conosceva e poi l'odio, che in fondo era soltanto un altro amore; c'erano le notti insonni accanto a Afrodite, la gelosia che gli scavava il cuore, il desiderio impossibile che lo legava a Atena, il suo passo zoppo, la paura di cadere e tutto il tempo in cui era caduto, percorrendo il cielo e gli abissi profondi; c'era il suo corpo deforme, e la bellezza che non gli era toccata in sorte ma sapeva ricreare. E c'era il mare, perché il mare è un pensiero che lo accompagna sempre. Il mistero delle onde che non smettono di raggiungere la terra eppure non la raggiungono, quel loro movimento che non è, e tuttavia appare. Eterno, imprendibile. Ecco, era questo. Aveva cercato di intrappolarlo una buona volta, quel movimento, finto o reale che fosse. E lo aveva trasmesso alle fanciulle d'oro.

Aveva creato automi.

Esseri semoventi dalle fattezze femminili, un esercito di automi dorati pronti a obbedirgli. Avrebbero aiutato a tenere acceso il fuoco e fondere metalli, e poi a servire al banchetto degli dèi, riempire le coppe e raccogliere fiori da spargere agli sposi; avrebbero riso, e danzato fino all'alba e riposato all'ombra delle rocce. Per questo li aveva creati, ed era fiero della sua opera. Non sapeva che avrebbero anche pianto, e sofferto dolori, e desiderato invano qualcosa che non era in loro potere ottenere. Le aveva fatte uguali a lui, quelle fanciulle d'oro, uguali a tutti gli esseri mortali o immortali che hanno vita in cielo e sulla terra. Fragili e potenti, timide e coraggiose, disperate e gentili.

Fu Teti la prima a vedere l'opera. Era venuta sull'Olimpo con Eurinome a riposarsi là, oltre le nuvole, e a salutare Efesto. Non osò entrare nella fucina, lo chiamò sulla soglia e lui le disse di avvicinarsi. La porta che non aveva aperto per nessuno si spalancò. Una serie di sipari si scostarono svelando luci, bagliori, scintille di fuoco. Lei attraversò le stanze immense scavate nella roccia e arrivò al centro.

Efesto le apparve di schiena. Era seduto, in ombra. Davanti a lui, sopra il lungo tavolo di lavoro, erano disposte le statue dorate. Dava gli ultimi ritocchi ai sistemi di movimento, non si mosse e non parlò, lasciò che Teti rimanesse lí, strabiliata.

Lei si avvicinò a guardare meglio le statue. E si accorse che alcune cominciavano a sbattere le palpebre, a inarcare un braccio e mandare avanti un piede dopo l'altro. Sembrava anche che stessero imparando a parlare, perché c'era un brusio diffuso, ancora indistinto. Teti rimase attonita: Efesto aveva trovato il modo di sciogliere la durezza del metallo non solo in una forma, ma addirittura in un movimento. Quelle statue sembravano vive. E vi aveva aggiunto anche la bellezza. Aveva saputo infondere nell'oro, in quel metallo prezioso ma inerte, una bellezza mai vista altrove, e straziante. Erano tutte bellissime, le sue fanciulle.

Ma quel che la stupiva piú di ogni altra cosa erano i volti. I volti di quelle donne metalliche erano tutti uguali. La riproduzione di una stessa donna ripetuta all'infinito, come in un'ossessione: Era. Quei volti erano il volto di Era, avevano i tratti inconfondibili della sovrana degli dèi, consorte di Zeus, madre sciagurata di Efesto. L'ovale perfetto, la fronte ampia, il taglio degli occhi, grandi, severi.

Efesto aveva ricreato sua madre. L'aveva moltiplicata in innumerevoli copie, la madre che aveva tanto cercato e che, dopo averla trovata, inseguiva in un desiderio senza speranza, come un sogno ricorrente destinato a svanire all'alba.

Teti parlò a Efesto con ammirazione; lodò la bellezza di quelle statue e il mirabile meccanismo che le faceva muovere. Ma non gli disse altro. Nulla riguardo alla somiglianza che era certa di aver notato, neanche una parola, e fu attenta che il suo viso non tradisse la scoperta, e lo sgomento.

Eppure Efesto intuí il suo pensiero.

– Hai ragione. Ho plasmato le forme di colei che non mi ama, le ho dato il sorriso che vorrei mi rivolgesse, e ho chiamato i venti che le infondessero l'anima che non ha. Volevo che mia madre finalmente sapesse vedere e ascoltare, amare e soffrire. Per questo l'ho creata finta.

E ho fatto molte donne, di quella sola donna: perché almeno una mi amasse, ma conoscesse l'arte di non dirmelo. Sí, ho imposto ai miei automi di non rivelarmi mai chi di loro è quella che mi ama.

Sono stufo di soffrire, Teti. Non sapendo chi mi ama, non l'amerò. Ma il pensiero che almeno una in segreto possa guardarmi con amore mi ripaga.

20.

Noi non sappiamo niente. Eseguiamo gli ordini, e cosí abbiamo fatto, alle nozze. Siamo state... d'aiuto.

Aiuto è una parola che Efesto ci dice spesso, e quando la dice ci sorride. È una bella parola, mi piace. Ci ha create per questo, altrimenti non saremmo mai nate.

Non so se si dice «nate», non so quando è cominciata la nostra vita, e se è una vita. Forse c'eravamo già prima, da qualche parte. Ma posso dire che quando mi ha creata sono stata felice. Ho capito che mi sarebbe spiaciuto non esistere.

Lo aiutiamo a fondere, a forgiare. Gli porgiamo le pinze, i martelli, soffiamo coi mantici, stiamo attente che il fuoco non si spenga mai.

Lui ama il fuoco.

Lui è il fuoco.

Io lo vedo, come si esalta a creare le forme che ha in mente. Io vedo anche dentro di lui, i pensieri che gli si affollano, alcuni volano via, altri restano, scendono nel cuore e gli fanno ingombro.

Vorrei liberargli il cuore, fare spazio, perché non è giusto che sia oppresso. Non capisco da cosa, ma è oppresso.

Non sapevamo nulla delle nozze, era una parola che si spargeva ovunque e nessuno ci spiegava. Poi abbiamo visto: erano una festa.

Sono venuti tutti gli dèi.

Sono tanti, gli dèi.

C'erano anche le sorelle della sposa, le ninfe marine vestite come l'oceano. E il vecchio padre Nereo, il dio a cui tutti rendevano onore, l'antico signore del mare.

Il mare si vedeva da lontano, là sotto. Si muove, ma dall'alto sembra fermo. È sempre cosí. Efesto dice che il mare l'ha salvato, lo guarda spesso, tutte le volte che può. E io guardo lui che guarda il mare.

Mi piacerebbe solcare il mare, mi ha detto che una nave un giorno lo ha solcato. Parola strana, «solcato». Gli ho chiesto cosa significa, mi ha parlato dei solchi nella terra, dove gli uomini gettano i semi. Sa tutto, lui. Ogni tanto mi racconta qualcosa, perché anch'io sappia. È generoso, con me. Anche con le altre, perché non ci distingue. Per lui siamo tutte uguali, ma io non sono uguale. Non so perché, non so che cosa mi fa diversa. Ma questa idea che vorrei solcare il mare con lui non gliel'ho detta. Mi sta piantata in testa e lí rimane. Certe cose non gliele dico, non credo che vorrebbe sentirle.

Tutti hanno portato regali, cose bellissime che lasciavano agli sposi, ghirlande di fiori, frutti succosi, coralli, rami frondosi, schegge di pietre preziose, conchiglie, profumi. Poseidone ha donato a Peleo due cavalli magici, si chiamano Xanto e Balio. Ho sentito che sono figli del vento Zefiro, e sanno parlare. Chissà cosa avranno da dire, un giorno.

Poseidone è potente, ma anche presuntuoso. Uno che si pavoneggia, e dà ordini. Non è come Efesto. Lui ce lo chiede, di aiutarlo. E se ne sta nascosto il piú possibile. Gli piace vivere in ombra, come se non ci fosse.

Chirone invece mi ha fatto ridere. Col corpo da cavallo e il volto da uomo con la barba lunga. Chirone ama molto Peleo, si vedeva da come lo trattava. Gli ha portato doni silvestri, e una lancia pesantissima fatta col legno degli alberi del monte Pelio, perché lui abita lí, dicono, in una grotta immensa scavata sotto il monte, che non si vede.

Tante cose non si vedono. Ma non vuol dire che non esistano.

Si sono sposati sulla cima, Teti e Peleo. C'era un vento leggero che faceva volare i veli, ma solo un po'.

Teti aveva un velo lungo, blu, che prendeva tutta la discesa del monte come se volesse arrivare al mare. E una corona d'argento che brillava. Gliel'aveva fatta Efesto, io c'ero, lo aiutavo. E vedevo la foga che ci metteva, l'amore.

Teti è bellissima.

Lui la chiama madre, questa dea bellissima che vive nel mare.

Ma non so se è contento che sua madre si sia sposata, nel suo cuore ci sono macchie scure. Adesso Teti non vivrà piú nel mare, so che questo lo fa soffrire.

So anche che Teti non è sua madre. E so chi è la sua vera madre. Ma non ne voglio parlare neanche con me stessa, neanche nei miei pensieri: perché mi fa star male.

Abbiamo fatto del nostro meglio. A correre di qua e di là, a servire al banchetto. Sono tanti gli dèi e le dee. Afrodite era la piú bella?

Bellezza è una parola che ho imparato subito. Efesto la pronuncia spesso, sempre con un sospiro. Lo fa soffrire, quella parola, come fosse un luogo dove non può arrivare. Eppure è lui il signore di quel luogo, e glielo vorrei dire. È lui a creare tutta questa bellezza che ci sta intorno.

Afrodite si aggirava ovunque, con i suoi veli candidi, i suoi fiori. La sposa di Efesto, lo so chi è. È piú bella di me. Lei è vera.

Non so se Efesto la ama, l'ha voluta e se l'è presa, ma amare è un'altra cosa. La loro storia gira per l'Olimpo, gli dèi la raccontano ridendo. Non capisco di cosa ridano. Ridono sempre, gli dèi.

Anche noi sappiamo ridere, lo abbiamo imparato. Io a volte rivolgo dei sorrisi a Efesto. Non so se li veda, non mi dice niente.

Mi piacerebbe sposarlo.

Fare anch'io una grande festa sulle cime dei monti. Ma cosa dico? Perché mi sono innamorata di quest'uomo che non è un uomo? E perché lui dovrebbe innamorarsi di me che non sono una donna?

Cosa sono io?

Un essere costruito per servire. Una macchina, come i suoi tripodi? Sono una statua, qualcosa di non vivente che però si muove da sé, lo sa fare. E che cos'è il movimento, se non vita?

Io non so dire se è brutto. Dicono cosí di lui, gli dèi. Dicono che è brutto e deforme. Ma che cos'è bruttezza?

Brutto è che non si accorga di me.

Sono uguale a tutte le altre, da cosa dovrebbe distinguermi? Non mi ha dato neanche un nome.

Non ci ha pensato, di dare un nome ai suoi automi. Ci ha dato la vita, ma non è vita senza un nome: non potrà mai chiamarmi. E se lui non mi chiama, io non esisto.

Cosí me lo sono trovato da sola, un nome, da pronunciare dentro di me, senza voce: Fiamma.

Lui ama il fuoco, e io voglio essere ciò che lui ama.

Fiamma sarà il mio nome.

Che lui non conoscerà mai.

21.

Elios aveva visto tutto, e da giorni si chiedeva cosa fare. È il Sole, come fa a non vedere? Passa in cielo, manda i suoi raggi ovunque, che frugano, e stanano.

Ma Elios è amico di Efesto. Deve dire o non deve dire? Tenere per sé quel che ha visto o rivelarlo? È amicizia essere sinceri, o per amicizia meglio mentire?

Il Sole è luce. E la luce non si chiede cos'è bene fare: illumina. Far luce è dire la verità, non c'è scampo. Cosí il Sole un giorno rallentò il suo viaggio, e nel breve attimo che poteva permettersi di sosta, parlò a Efesto. Solo un attimo, perché la verità è sempre un lampo.

Efesto si era molto affaticato per le nozze di Teti, e nonostante l'aiuto dei suoi automi il corpo ne risentiva. Non ci vedeva quasi piú, e il respiro si faceva sempre piú ansimante. Troppo vicino al fuoco, troppo esposto alle polveri dei metalli, non lasciava mai la sua fucina. Stava chino a forgiare un monile quando vide Elios, abbagliante davanti a lui.

Non fece preamboli, il dio solare che non può fermarsi, e gli rivelò gli amori di Afrodite con Ares. Le sue parole accesero un bagliore accecante.

– Li ho visti! Non potevo non vederli, capisci? S'incontrano nei boschi, o riparati dalle rocce. Anche nella tua dimora, sul vostro letto.

E in un attimo era di nuovo in cielo, dove riprese il suo cammino.

Efesto scagliò il monile nel fuoco, che diede una fiammata altissima. E un grido gutturale di bestia ferita a morte gli uscí dalle viscere, rimbombò nell'antro immenso. Lo sentí anche il Sole, nonostante fosse già lontano.

Passarono giorni cupi, di cui nessuno sapeva niente. Presi come sempre dal loro banchetto eterno, gli dèi, abituati a immaginare Efesto chiuso nella sua fucina, non notarono quanto la sua assenza si prolungava.

Non era mai diventato uno di loro, il dio fabbro, l'unico che sulle cime olimpie si affanna a lavorare. Efesto in quel buio infuocato coltivava la vendetta come fosse una pianta. Solo a quell'ombra trovava conforto.

Avrebbe dovuto aspettarselo? Forse. La sua colpa è stata di volersi prendere la dea piú bella. La bruttezza non si sposa con la bellezza? No, non è questo. L'amore ha in sé qualcosa di malato.

Una volta andò dal suo amico Apollo a farsi dire cos'è l'amore.

– Da me vieni, che sono il maestro degli amori infelici?

– Se chi ama è infelice, l'amore sarà infelice.

Ci aveva visto giusto. Apollo è bellissimo, è il dio della bellezza, eppure nessuno come lui ha avuto storie infelici. La bellezza non ha niente a che fare con l'amore. Ha solo amato donne che non volevano il suo amore. O forse lui ha creduto di amarle, ma, oppresso da un male che si porta in cuore, è incapace di amare. Non è mai la sorte, è quel che ci portiamo dentro.

Dafne si trasformò in albero, pur di sfuggire alla sua presa: si puní da sola, di una colpa che non aveva. Apollo la inseguiva e lei correva avanti, spaventata, senza sapere che era un dio, tantomeno che era il dio della bellezza. Quando arrivò a toccarla, lei si era già fatta tronco. Se avesse potuto cancellare la sua fuga e tornare quel che era, un corpo vivo che sa godere di una carezza, forse lo avrebbe fatto. Il calore di quelle mani era perfetto.

Ma ogni scelta è perdere qualcosa.

E Cassandra, figlia di Priamo re di Troia. Gli sfuggí in un modo ancora piú subdolo, ingannandolo. Lei sí, si macchiò di una colpa, e la pagò cara. Sfidò il dio proponendogli uno scambio: Voglio anch'io conoscere il futuro come sai fare tu, voglio essere la piú brava a predirlo, e se tu mi concederai la tua arte io mi unirò con te. Il dio acconsentí. Le infuse l'arte della profezia, ma lei beffarda continuò il rifiuto. Apollo, però, è il dio che non perdona. La puní orrendamente mutandole il dono in disgrazia: Ora sai predire il futuro, e questa è una sapienza che non ti posso togliere perché la mia parola è una sola. Ma nessuno ti crederà, e nessuno potrai salvare quando annuncerai rovine; sarai per sempre inascoltata e offesa, finché non predirai la tua stessa morte.

Ci insegnano qualcosa le storie degli amori altrui?

Anche Efesto non perdonerà. La crudeltà di Apollo era stata terribile perché nasceva dal dolore, e il dolore di non essere amato ha una sola strada: la vendetta. Questo gli aveva insegnato Apollo senza saperlo. Lui lo avrebbe imitato, che altro poteva fare? Se davvero l'amore di chi è infelice non può che essere infelice, e se nessuno è piú infelice di Efesto, nessun amore sarà piú infelice del suo. E nessuna vendetta piú atroce.

Chiuso nella fucina, Efesto piantò sul ceppo la gigantesca incudine e incominciò a inanellare nodi che non si potevano sciogliere né spezzare, ma cosí leggeri e sottili che era impossibile vederli.

Lavorò di fino, per giorni e notti. Solo gli automi sapevano quale opera avesse in mente, e conoscevano il suo dolore. Gli automi-fanciulle che sempre lo aiutavano, in silenzio.

Fiamma lo osservava con pena, vedeva la sua schiena curva, gli occhi lacrimanti. Avrebbe fatto di tutto per togliergli il peso che non meritava. Ma quel peso era un destino che nemmeno Zeus poteva cambiare.

Efesto costruí una rete di metallo. La trama delle maglie era robusta e indistruttibile, eppure leggera e aerea come una ragnatela. Intendeva applicarla furtivamente al letto che era suo e di Afrodite e mai nessuno avrebbe dovuto profanare, e con salde catene invisibili sospenderla alle travi del soffitto, cosí che scattasse in alto al primo tocco. Lui, maestro dei meccanismi occulti, aveva ordito il piano: sorprendere i due amanti ignari e imprigionarli, non appena si fossero congiunti nell'indegno amplesso, e mostrarli nudi e inermi al consesso degli dèi.

Solo di questo era capace Efesto, di fronte al dolore che pativa: ideare trappole, imprigionare coloro che gli avevano fatto del male. Non poteva sovvertire il destino, né riportare nel mondo un'innocenza. L'unica arma era mostrare in pubblico i colpevoli, cosí che offrissero di sé uno spettacolo penoso. Un'arma spuntata con la quale non voleva aggredire, ma s'illudeva di difendersi.

Era convinto che la vergogna fosse la pena piú terribile. Lo scherno, il ludibrio, la derisione umiliante: questo era l'unico pensiero che lo vendicava, l'unico in cui trovava pace. Cosí aveva agito con sua madre, costruendole il trono. Cosí avrebbe fatto con la sua sposa, che osava tradirlo con il fratello odiato: entrambi imprigionati nella rete davanti a tutti, senza scampo.

Finse di andare a Lemno. Disse che voleva rivedere i suoi amici Dattili, preparò la sua partenza e salutò la sposa. Ma non partí, si nascose poco lontano e attese.

Ares e Afrodite, approfittando della sua assenza, si diedero convegno. Stavano per congiungersi in quel letto, liberi di darsi ai loro amori, ignari.

Non appena i due amanti si stesero, la rete scattò. Si chiuse sui loro corpi e li sollevò in alto, come pesci catturati nella pesca.

Allora Efesto comparve nella stanza. Non disse niente, i suoi occhi lampeggiavano fuoco. Quando vide i due amanti che ridicolmente si divincolavano nella rete e urlavano senza pudore impotenti di rabbia, spalancò la porta d'avorio e fece entrare tutti gli dèi. Solo lo sguardo altrui poteva sollevarlo dall'offesa.

– Padre Zeus, e tutti voi che vivete per sempre, venite a vedere come la mia sposa mi disonora perché sono uno storpio. Preferisce Ares, che è di bell'aspetto e ha i piedi saldi che gli reggono il corpo. Ma che colpa ho io, se sono nato sciancato? Guardate come si avvinghiano nel mio letto, i due amanti, nella tresca che hanno ordito contro di me. Che restino lí sospesi, li offro nudi e inermi ai vostri occhi!

S'erano adunati tutti gli dèi, al richiamo del grande fabbro che tuonava parole di fuoco. E quando videro il capolavoro della rete e i due appesi in alto ancora nell'atto dell'amore e Efesto che imprecava zoppicando, scoppiarono a ridere.

In tutto l'Olimpo risuonò il riso degli dèi, che non aveva fine.

– Hai visto cosa succede a offendere lo zoppo?

– Non dirmi! Meglio star lontano da chi ha il passo lento e la mente tanto veloce!

– Ti piacerebbe esser preso in catene con Afrodite?

– Sopporterei catene ben piú potenti...

– Anch'io, pur di avere la piú bella!

Cosí schernivano Efesto gli dèi giocosi che sanno di vivere per sempre. Ridevano. Di continuo, vedendolo zoppicare furioso nelle sale del banchetto, spargevano per le cime la loro inestinguibile risata.

La vendetta ha sempre in sé qualcosa che si ritorce contro, e finisce per punire chi si vendica. Quel che Efesto non aveva previsto è che gli dèi anche di fronte a una scena come quella ridessero di lui, che ridessero non dei colpevoli ma della vittima. Lui tradito dalla sposa e dal fratello era l'oggetto dello scherno, di lui si prendeva gioco tutto l'Olimpo. Era sempre stato cosí. Ma quella volta ne uscí annientato. Capí che a nulla era valso il suo tentativo di abitare con gli dèi. Non avrebbe mai spento la loro risata.

Solo Poseidone non rise, aveva il volto cupo e severo. Efesto per la prima volta si sentí addosso il suo sguardo, e s'avvide che non era affatto vuoto. Incontrò finalmente gli occhi del dio del mare, che si piegavano dolenti verso di lui e lo pregavano di liberare i due amanti e porre fine a quel tormento.

Efesto fu vinto da quello sguardo, che non si aspettava. Vi lesse una pietà, che forse non c'era. Acconsentí, sciolse la sua subdola rete.

Ares e Afrodite furono subito in piedi, liberi. Non dissero una parola. Cercarono delle vesti per coprirsi e svanirono: Ares andò nella terra dei Traci e Afrodite raggiunse Cipro, la sua isola amata, dove le Grazie l'accolsero con un bagno, ungendola con l'olio profumato degli immortali.

E presto l'Olimpo si dimenticò di loro e dei loro colpevoli amori. Perché tutto è un gioco passeggero, e nulla può turbare a lungo coloro che vivono per sempre.

Efesto non abbandonò subito la sua fucina. Ancora una volta vi si rinchiuse, cercando una consolazione nella potenza del suo fuoco. Voleva lasciare un ultimo segno di sé.

Fece uno splendido gioiello, prima di andare. Una corona d'oro luccicante con pietre preziose. Era per Dioniso, la diede in dono al dio amico che un giorno lo aveva portato con sé a Tebe a vedere la tomba di sua madre. Dioniso, molto tempo dopo, offrí quella corona a Arianna come pegno di nozze, e quando l'ebbe fatta sua sposa la lanciò in cielo perché in eterno brillasse il ricordo della loro unione: sono le nove stelle della Corona boreale. In quelle stelle c'è l'amore di Dioniso per Arianna, ma prima ancora c'è Efesto, tutto l'amore che non ha avuto.

Poi, quando ebbe finito, andò da Zeus:

– Ti ringrazio dell'ospitalità, signore degli dèi. È stato un sogno poter abitare questo luogo a me per lungo tempo vietato. È un onore vivere con voi eterni. Ma io non appartengo al vostro Olimpo. Ho vissuto troppo altrove, dove mia madre mi aveva esiliato: negli abissi profondi senza luce. Quassú sono stato uno straniero. Mi sono messo al vostro servizio, questo sí, e spero che la mia presenza sia stata utile. Mi è piaciuto lavorare per voi. La mia arte è il

mio compito. E se vorrete chiedermi ancora qualcosa, sarò felice di obbedire ai vostri desideri.
Ma non qui, dove il vostro riso mi ha offeso e coperto di vergogna.
Lascio l'Olimpo, e sarà per sempre.

22.

Quando ho capito che se ne andava, che quella era la sua intenzione, mi sono messa davanti. Volevo bloccargli i passi.

E ce l'ho fatta. S'è dovuto fermare, anche se solo per un attimo. L'amore non pretende, si accontenta, è vorace anche solo di pochi sprazzi.

Ci aveva appena salutate, abbracciandoci in un unico sguardo, lungo, pensoso. E ci aveva molto ringraziate, per averlo accompagnato nel lavoro. Ha detto «accompagnato», non «servito». Gli siamo grate di questa sua delicatezza, noi nate per servire.

Non sapevo come fare, per fermarlo. Sono Fiamma, gli ho detto.

Credevo che bastasse un nome. Ma non ha capito, deve aver pensato che fosse un gioco e che non era il caso di giocare, in quel momento.

Non mi ha riconosciuta. Come poteva? Avessi un difetto, una stortura, qualcosa di sbagliato o meno bello, potrebbe riconoscermi tra mille. Ma lui, crudele, ci ha dotate di una stessa opaca perfezione che ci rende tutte uguali, tutte lo stesso nulla. Ognuna di noi è una copia dell'altra, in un gioco malefico che lui ha voluto si ripetesse all'infinito. Cosí, alla fine, non siamo nessuno.

Allora ho provato ad avvicinarmi. Con la scusa di aiutarlo a non cadere, l'ho preso per un braccio. Ho osato quel contatto, minimo, che a me è parso l'unione tanto desiderata.

Ma non so se ho sentito qualcosa o me lo sono soltanto immaginato. Non so se sono riuscita a percepire la sua carne. Mi è sembrato di provare un brivido, sí. Ma dove, se non ho pelle?

Volevo mimare il gesto di chi ha un corpo vero, di chi ha il sangue che gli percorre le vene e arriva fino al cuore, fino a farlo sussultare. Che stupida, siamo fatte di metallo. Lui di certo non ha sentito niente, solo un freddo penetrargli nella carne: non mi ha parlato, e nemmeno s'è voltato a guardarmi.

Non l'ho fermato.

Ha continuato a scendere giú per la china di questo monte che adesso mi pare odioso, inabitabile, senza di lui.

Cosa mi aspettavo? Avrei dovuto usare meglio le parole, dirglielo come un ordine: Non andare via, non lasciarmi.

Avrei dovuto dirgli che lo amo… Ma se mi avesse creduto, in quale modo avrei potuto amarlo? Cos'è per noi automi amare?

Eppure mi pare di saperlo, di averlo imparato guardando gli altri, ascoltando le loro parole, i loro racconti. So che l'amore non è fare come Afrodite, non è tradire il patto nuziale… Ma cosa ne so di nozze? Non sono io la sua sposa, e mai lo potrei essere. Questa impossibilità, forse, mi dà il potere di amarlo meglio. Amarlo da lontano.

Non l'ho fermato, se non per un momento breve quando gli ho sbarrato il passo e ho cercato di sorreggerlo. Non voleva il mio aiuto. Mi ha scostata di lato, come fossi una cosa, e ha ripreso il suo cammino storto. Non l'ho fermato perché non ho saputo fermarlo.

L'ho visto andarsene giú dall'Olimpo, col passo zoppicante che ho tanto amato.

Gli dèi attoniti non l'hanno salutato, erano già volti ad altro, loro che vivono d'indifferenza. L'ho accompagnato con lo sguardo finché ho potuto, finché non ha raggiunto lo strato delle nuvole ed è diventato imprendibile alla vista. Verso le nevi, e poi giú, verso le pianure dove scorrono i fiumi e dove a un certo punto il mare, il mare che non ho mai visto da vicino, incontra la terra.

Di lí in poi l'ho immaginato. L'ho visto con gli occhi della mente raggiungere le terre dove l'erba rinsecchisce e le foglie cadono. Non la vedrò mai, la Terra dove si vive per poco. Il mondo che avrei voluto vedere insieme a lui. Non la vedrò perché non mi ha portata con sé. Mi sono data inutilmente un nome, non mi ha mai chiamata.

Non saprà mai che lo amo. Ci ha imposto di non dirglielo, questa era la legge di noi automi. Non so nemmeno se qualche altra di noi lo ama, come me. Non so in quante siamo ad amarlo: forse tutte, forse nessuna.

Ci sforziamo di rispettare quella legge, ma è assurdo. L'amore non si accorda col silenzio, Efesto. L'amore vuole esplodere in parole. Abbiamo taciuto, siamo state brave. Ma oso sperare che tu mi abbia vista, che tu abbia percepito in me qualcosa che contraddice la malsana convinzione che la bruttezza non si sposi con la bellezza. Non è vero. La bellezza, quando è vera bellezza, non percepisce da nessuna parte la bruttezza, non sa nemmeno che cosa sia.

Crudele, a impedirci le parole che ti avrebbero sollevato il peso dal cuore. Crudele innanzitutto verso di te, tu che ti imponi il dolore sempre.

Hai una madre che non ti ha voluto, e una sposa che ti ha tradito. Ma avresti avuto me, se solo avessi permesso che te lo dicessi. Me, questa fanciulla che hai forgiato in oro, e si è chiamata Fiamma per essere ciò che ami.

Mi dispiace, Efesto. L'unico amore che hai è il mio, l'unico amore che non sai di avere.

Parte terza

Le isole

1.

Nessuno lo vede andare. Efesto questa volta non scende e non sale, non è piú il bambino che cade negli abissi né il dio che s'inerpica sulla montagna. È sceso per sempre, non risalirà. Cosí è stato vivere, per lui: un cadere e rialzarsi, un salire e poi di nuovo precipitare, e ricominciare a salire. Attratto dal cielo e risucchiato nelle profondità del mare, il dio del fuoco.

Ora la sua esistenza si distende, procede su un solo piano: il suo moto d'ora in poi è orizzontale. Efesto ha scelto le isole.

Ha scelto terre che siano circoscritte, contenute dal mare: finite. A lui che crea opere smisurate piace questo, andare avanti sapendo di trovare un termine, qualcosa che gli impedisca di proseguire. Soltanto cosí si sente libero. Soltanto la libertà delimitata da confini rende le sue opere infinite.

Non sceglie un'isola in particolare, le vuole tutte, lontane tra di loro e non collegate, ognuna spersa. Come lui. Solitudini vaganti, che solo il mare unisce... O allontana? La lontananza è la forma piú pura dell'unione.

Il mare è un'entità innocente. Non gli ha mai fatto paura, è la sua vera casa, la madre che lo ha accolto. Il mare che ci protegge dalle superfici troppo estese, limita i nostri passi e ci arresta, ci fa tornare indietro o sostare sul bordo. La riva, il punto dove batte l'onda, è il divieto: Non proseguire, non si può. Senza quel divieto andremmo avanti ovunque. Ma saremmo inconcludenti e spersi.

Però non sceglie isole a caso, Efesto, ma isole che abbiano dentro un fuoco. Perché il fuoco gli serve, è la sua dimora multiforme, la sua fucina. Ovunque ne costruisce una. Lemno, la Sicilia e le isole vulcaniche intorno, Lipari, Stromboli e la fumante Hierà. Non le abita, ma vaga dall'una all'altra, perché solo vagare è la sua pace.

E come gli esiliati che non hanno casa in nessun posto, in ogni posto ricostruisce la sua casa.

Efesto ha un compito preciso, che nessuno gli ha dato: è un pensiero da coltivare, piú che un'impresa da compiere. Un pensiero sottile e strano, inquietante, che non si è ancora chiarito del tutto, ma ha a che fare con un nodo. Ora Efesto ha una vita piana che è un mare senza increspature, ma ha quell'unico nodo irrisolto, indistinto, che lo avvolge in spire e adesso è stanco di stare al chiuso, vuole uscire, essere visto, toccato: vuole trasformarsi in una forma concreta, e forse sciogliersi. Efesto sta costruendo un'opera.

Ha cominciato dopo aver lasciato l'Olimpo. Costruisce, ma non sa bene cosa. Si fa guidare, si lascia andare. Sa che la strada è giusta, e non può perdersi. Ma non sa dove sta andando. Sa solo che ha in mente un'opera immane, inconcepibile, assurda, e che non vuole parlarne. Nessuno deve sapere, tantomeno vedere il suo lavoro mentre lo esegue, le varie fasi, il progredire lento, misterioso anche a se stesso. È l'opera immane e segreta.

Ne costruisce un pezzo in ogni isola. Riparte sempre da capo, oppure continua dal punto in cui è arrivato, proseguendo il disegno. Costruisce pezzi incongrui, che nascono già dispersi, lontani. Non sa nemmeno se li vorrà mai unire, quei pezzi, o continuarli singolarmente, moltiplicando la stessa opera incompiuta in piú luoghi, perché ovunque esista. Nella sua mente tutto è meravigliosamente unito, e dev'essere grandioso.

Cosí grandioso che non sa se le isole gli basteranno.

2.

Zeus può raggiungere Efesto quando vuole. Non importa che se ne sia andato dall'Olimpo: il re degli dèi non ha bisogno di espedienti per trovarlo, ovunque si sia nascosto. Basta che punti lo sguardo su di lui, o che faccia risuonare la sua voce.

Un giorno adunò le nubi, e cosí tuonò:

– Efesto, fabbro divino, scappare non ti servirà a nulla. Vai pure dove ti piace, sarai sempre ai miei ordini. E ora io ti comando di costruire catene robuste e indistruttibili per il mio nemico, l'essere mostruoso che ha osato ingannarmi e si ostina a credersi piú potente e astuto di me. Merita una punizione terribile. Costruisci per me queste catene, poi ti indicherò che altro fare.

Quando la voce sparí in cielo, le nubi si diradarono. Tutti avevano sentito Zeus, tutti coloro che abitavano l'Olimpo, anche le fanciulle dorate che erano rimaste a servire lí sebbene il loro creatore se ne fosse andato. Tutti tremarono in cuore, a quel comando.

Efesto obbedí. Non si sentiva servo di nessuno, nemmeno del dio che governa il mondo; ma le opere che sapeva eseguire erano il suo vanto e la sua prigione, a loro non poteva sfuggire. Senza chiedere, senza sapere, iniziò a lavorare. Mise in moto i mantici, alimentò le fornaci, fuse il metallo al fuoco e lo torse prima che si raffreddasse, incatenando gli anelli.

A quel punto Zeus di nuovo gli parlò tra le nubi:

– Ora raggiungi le cime desolate del Caucaso. Lí troverai colui che mi ha offeso. Imprigionalo alla roccia, perché questo è il supplizio eterno che ho pensato per punirlo.

Soffiavano venti gelidi, quando Efesto raggiunse la montagna. Non sapeva chi doveva incontrare, a chi doveva mettere quelle catene che con passo faticoso trascinava con sé. Lo capí quando vide da lontano colui che Zeus chiamava l'essere mostruoso. Era di schiena, seduto. L'immenso corpo nudo, i muscoli possenti rilassati, come in attesa. A mano a mano che gli si avvicinava un brivido inspiegabile lo attraversava, il freddo di un presagio.

Ciò che temeva in cuore si rivelò vero. Spesso la paura anticipa gli eventi, sentendoli nell'aria, e inutilmente ci avverte di ciò che non si può evitare.

La catena gli cadde dalle mani. Battendo sulla roccia mandò un rumore sinistro. Era lui, lí, come lo aveva sempre visto sull'isola dei loro incontri. Seduto di spalle a guardare l'orizzonte, a inseguire la linea che mai si raggiunge. Il suo amico gigante, lo sguardo inquieto, temerario.

– Prometeo!

Quel nome urlato con disperazione echeggiò tra le cime inviolabili, un attimo e si perse.

Prometeo stava immobile, statua che si confonde alla pietra della montagna. Nessuna espressione gli cambiava il volto, solo l'accenno di un sorriso fragile, storto:

– Finalmente sei qui, amico mio. Sarai tu l'artefice della mia pena, lo so. L'ho sempre saputo, e fin dall'inizio ti aspettavo. Se mai c'è stato inizio... Noi siamo una storia che si è già compiuta.

– Sei tu, dunque, quello che ha sfidato Zeus? Vuoi dirmi che non c'è sbaglio, nessun'altra possibile realtà?

A queste domande Prometeo lasciò andare una risata squillante com'era ai tempi dei loro incontri, quando spezzava il dolore lasciandone una parte al gioco.

– Lo sai benissimo che la realtà è una sola, – disse infine. – Per questo tu sei un fabbro, per forgiarne sempre altre, di realtà. Ma qui la tua arte ha ben poco potere. Arrenditi. Fai quello che devi, non ti darò la colpa. Sono io colpevole, non ho saputo accettare la legge. Sarebbe cosí semplice obbedire... Ma ribellarmi al destino è il mio destino.

– Non è per niente semplice obbedire, cosa dici? Io non lo farò!

– Lo farai. Il tuo destino non è il mio, tu sei nato per costruire, io per disobbedire. Tu esisti solo costruendo, inventando forme sempre nuove. Ma poi... Anche creare è ribellione. Alla fine siamo uguali, vogliamo entrambi la stessa cosa: cambiare il mondo, non lasciarlo cosí com'è.

– Ma tu cos'hai fatto per meritarti questo?

– Cos'ho fatto... ho rimesso le cose a posto, ho ripristinato un ordine. Ma ho scelto l'ordine sbagliato, quello che agli dèi non poteva piacere. Diciamo che avevano altri piani, per noi uomini.

– Tu non sei un uomo.

– Sono un dio che ama gli uomini, è la stessa colpa.

Viene buio. La notte non ha stelle.

Mi distendo, tengo gli occhi in alto a cercare pezzi di cielo, tra le nuvole. Efesto non mi ha ancora incatenato, ma non se n'è andato. Sta qui seduto, accanto a me. Non riesce a decidere, perché nulla può decidere. E in quest'impotenza, di cui è innocente, non trova parole.

Sono io a rompere il silenzio. Gli dico che non è giusto che la notte sia cosí buia, e che se proprio lo vuole sapere in questa storia c'entra il fuoco, perché la notte non fosse cosí buia e fredda, perché gli uomini potessero avere almeno una luce che li riscaldasse.

– Lo hai capito che cosa ci unisce, no? – continuo. – La mia amicizia per te era questo, l'amore per il fuoco. Solo una differenza tra di noi: io amo il fuoco, tu sei il fuoco. Io lo rubo perché diventi un dono. Tu ci entri, e da lí dentro interroghi il mondo, pieghi il dolore...

– E gli uomini?

Mi fa questa domanda, cosí scarna. Ma io lo so cosa contiene. Vuole chiedermi perché questo mio amore spropositato per gli uomini, e cosa c'entrano loro con le mie catene, dove mi sono perso, in quale pazzia. Gli rispondo come posso, ma sento che qualsiasi racconto è parziale, insufficiente.

– Gli uomini muoiono, Efesto. Sai cosa vuol dire, ci hai mai pensato veramente? Vuol dire che di colpo uno di loro, da un giorno all'altro, non semina piú i campi, non munge le sue vacche, non aspetta piú l'amico. E l'amico non lo vedrà mai piú... Muore di piú chi se ne va o chi resta? Non lo so, Efesto. Entrambi smettono di essere nel mondo. Tutto si spegne, per loro. Ho rubato il fuoco. Sono andato di nascosto a prendermelo, ho messo una scintilla nel cavo di una canna e l'ho portato agli uomini. L'ho rubato agli dèi per darlo a loro, perché qualcosa rimanesse acceso nel buio delle loro vite...

Efesto rimane pensieroso. Poi un sospetto gli scava dentro.

– E dove l'avresti preso questo fuoco? Non l'avrai rubato a me, prendendolo dalle mie fucine senza che me ne accorgessi? O sei andato dal Sole e dalla sua ruota infuocata hai acceso una fiaccola? O l'hai sottratto a Zeus, dal focolare del suo palazzo?

Vuole sapere, il mio amico. Giustamente. Gli sono stato vicino, abbiamo parlato tanto, lavorato insieme. Il fuoco ci ha uniti. Ora vuole sapere se l'ho tradito. Non può capire che non è un tradimento, ma un atto dovuto di giustizia. Lui è l'artefice. Ha bisogno di credere che il fuoco sia solo suo, che tutto parta da lui e niente possa esistere senza il fuoco, senza la sua sapienza di torcere le fiamme per creare. Cosa posso rispondergli? Io non sono come lui, non sono un creatore ma solo un portatore di luce, un tramite.

– Ho infranto i patti. Ho offeso Zeus, e se è per questo l'avevo già fatto una volta, quando lui doveva decidere quali parti degli animali sarebbero andate agli dèi e quali agli uomini, e io l'ho ingannato. Ho coperto di grasso le ossa perché sembrasse la parte piú succulenta e lui scegliesse quella: ha funzionato, e cosí agli uomini è andata la parte nutriente delle carni. Mi sono preso gioco di lui, lo so. Ma gli uomini non avevano niente. Erano cosí indifesi, esposti... Mio fratello Epimeteo aveva fatto male le parti: Zeus aveva dato a lui il compito, e lui aveva distribuito tutte le virtú agli animali. A ognuno aveva dato il modo di difendersi, di sopravvivere: gli artigli, la corsa veloce, il veleno... Per gli uomini non era rimasto nulla. Se la loro vita era cosí fragile e disarmata, ho voluto che almeno avessero una fiamma a cui scaldarsi.

Poi gli faccio una domanda che non sento mia. Voglio calmarlo, riportarlo dalla mia parte.

– Dove ho sbagliato, Efesto? Dimmelo tu, dove.

– Hai sbagliato a non dirmelo.

Niente, non riesce a liberarsi dal suo risentimento. Come se io col mio gesto avessi offeso lui, non Zeus.

– E cosa cambiava? Mi avresti dato tu il fuoco, cosí adesso saremmo in due quassú a essere incatenati. O vuoi dirmi che mi avresti dissuaso, proprio tu, che di quel fuoco hai fatto la tua vita? Vedi quanto inutile sarebbe stato parlarti?

– Ma avrei capito cosa facevi sulla Terra, quando ti vedevo davanti al mare inerte. Non eri inerte, aspettavi che la tua sorte si compisse. Avevi già rubato il fuoco, eri già Prometeo... E io non lo sapevo, ero all'oscuro. Un amico non ti tiene all'oscuro di sé. Se lo fa, ti sta ingannando.

– Un amico ti protegge, per quel che può. E io non ti ho mai ingannato.

– Non mi hai detto chi eri.

– L'hai capito ugualmente. Altrimenti non saresti diventato mio amico.

Smetto di parlare. Mi scende una tristezza che non so togliermi.

Passo la notte senza che nulla accada, perché cosí ha deciso Efesto. Vuole che ci sia ancora un tempo per noi due insieme, anche se buio, anche se inutile. Non parliamo, non ci sono piú parole. Ma rimaniamo vicini, sentendo ognuno il respiro dell'altro.

La Luna ci guarda come può, dietro le nubi spesse che Zeus non ha voluto dissipare. Poi se ne va piangendo e infine, adesso, il Sole prende il suo posto, ma con lentezza, come se non volesse andare. Posa uno sguardo su noi due sventurati amici, lo sguardo piú lungo che può. Ma è un attimo. Subito spinge il carro ad aprire il giorno, come deve.

All'alba Efesto m'incatena, come deve.

Sceglie una roccia piana, quella con meno spunzoni aguzzi e leggermente riparata dai venti. Poi si mette a maneggiare le catene. Enormi, pesantissime. È lento, cauto. Me le posa addosso con una delicatezza inimmaginabile. Gli agevolo il compito, stendendomi sulla roccia nella posizione piú favorevole. Le sue mani sono leggere, i suoi passi, cosí sbilenchi e affaticati, sembrano un volo. Non c'è violenza, per un atto che è il piú violento e crudele. C'è amore. Riesce a posare le catene senza che facciano rumore. Direi che le appoggia sulla mia carne come una carezza.

M'incanto sui suoi gesti.

Sono gesti che ho già visto. Li so. So già tutto prima che si compia. Fin da quando lo vidi per la prima volta, mi era chiaro che sarebbe stato lui a incatenarmi. Quando eravamo insieme sulla spiaggia a guardare il mare, quando andammo dai Dattili e dai Ciclopi, quando gli insegnai a pescare, quando la notte stavamo stesi accanto a guardare il cielo e gli raccontavo la storia di ogni stella: sapevo perfettamente qual era l'opera che era destinato a compiere, e sapevo che non gli sarebbe piaciuto compierla. Lo guardavo con ammirazione, e pena. Quando si sarebbe accorto del male che doveva infliggermi, quando avrebbe capito chi ero, sarebbe stato tardi. Avrebbe fatto quel che era chiamato a fare, e si sarebbe messo a piangere e urlare, implorando la mia clemenza.

Inutile. Io lo perdono.

Perché lo avevo già perdonato.

Andandosene giú per la montagna, Efesto era preso da pensieri strazianti. Il suo amico aveva offeso gli dèi rubando il fuoco, la cosa piú preziosa. Nessuno piú di lui lo capiva. Eppure... Il prezzo da pagare era troppo alto. E poi, era davvero cosí utile? Certo, gli uomini non potevano vivere senza il fuoco, se nemmeno lui viveva senza una fiamma sempre accesa... Ma gli uomini, questi esseri cosí pieni di dolore, avrebbero potuto grazie al fuoco non morire? No. E quindi? Prometeo era stato coraggioso, ma imprudente, e ingeneroso verso se stesso. Aveva decretato il suo supplizio eterno. Perché? Fin dove si spingeva l'amore di Prometeo per gli uomini? Quale fine aveva, che lui non riusciva a vedere?

La brevità della vita umana. Era questo il mistero indecifrabile. Quel che Efesto non riusciva a capire era come si potesse essere felici in un tempo cosí breve, avendo chiaro davanti a sé un termine, ineludibile.

Ma l'immortalità rende forse piú felici? Il tempo che si snoda eterno e sempre uguale, senza scopo, senza meta. Anche senza amore, forse, se l'amore è la pena per qualcosa che ci manca. O esiste un amore che sa durare senza lo spettro di una fine, senza l'angoscia di una perdita? Un amore di cui solo gli dèi sono capaci?

Scendeva dalla montagna con gli occhi pieni di pianto. Di questo era certo: aveva perduto il suo amico. Non solo, era lui che aveva costruito le catene, e con quelle catene lo aveva imprigionato. Oh Zeus, può esserci ferocia maggiore della tua? Se soltanto gli uomini soffrono in quanto mortali perché io, che sono un dio, ora sto soffrendo? Cos'è questa sofferenza che dilania ogni essere vivente, che viva per poco o che abbia una vita senza fine? Come ci si salva dal dolore, se anche chi ha il privilegio di non morire lo patisce?

Tornava, nella sua mente, a quel pensiero assurdo che come un serpente lo avvolgeva in spire indistricabili. Il pensiero che l'immortalità sia una disgrazia, che proprio il non finire sia il male piú grande. Lui stesso ne era la prova. Non amava forse di piú Afrodite proprio perché l'aveva persa? E non amava forse sua madre perché non l'aveva mai avuta, perché gli era sempre mancata?

Scendeva, Efesto. E a un certo punto, a metà della discesa, incrociò il volo di un'aquila gigantesca, e per un attimo vide nei suoi occhi una crudeltà efferata, di cui lei non era cosciente, ma che non dava scampo. Un essere innocente, portatore ignaro di crudeltà. Ne ebbe spavento, e un presagio. Seppe che quell'aquila era lí per Prometeo, lo seppe dentro di sé, nel cuore, dove ogni cosa avviene prima che avvenga. Ogni giorno quell'aquila crudele si sarebbe avventata sul corpo del suo amico e gli avrebbe divorato il fegato. E ogni giorno, perché il supplizio fosse eterno, il fegato sarebbe ricresciuto. Eccolo, il male dell'immortalità.

L'aquila lo sfiorò. Aveva ali cosí enormi che gli fecero vento contro, mentre andava. Efesto sentí il passo vacillare.

3.

Zeus radunava le nubi. Di nuovo la sua voce tuonò nell'aria e raggiunse Efesto.

– Ho ancora bisogno di te, Efesto. Questa volta non ti chiedo catene, ma un'opera mai creata prima da nessuno. Mescola un po' di terra e acqua, e modella una fanciulla desiderabile, che abbia l'aspetto di una dea immortale. Voglio mandarla in dono agli uomini, perché allieti la miseria delle loro vite.

Gli dèi e tutti coloro che abitavano l'Olimpo, anche gli automi dorati, udirono le parole di Zeus. E di fronte a quel comando che conteneva l'idea di un dono, gioirono.

Fiamma no. Lei spalancò gli occhi e rimase muta, tra le compagne. «Una fanciulla desiderabile», questo aveva il compito di fare Efesto.

Non aveva piú pensato a lui. O meglio, ci aveva pensato come si pensa alle cose lontane e perse. Un pensiero cosí continuo e sottile che alla fine non è piú avvertibile, un filo d'acqua che scorre sotterraneo e nessuno vede, ma scava voragini nella pietra. Le venne un pianto nell'anima, e una nostalgia feroce.

Di nascosto dalle altre andò da Zeus. Osò questo gesto che nessuna avrebbe osato, tra gli automi abituati a servire, non a chiedere. Scalò la cima piú alta, ci mise un giorno e una notte. L'oro del suo corpo era un bagliore agile, sul grigio della roccia.

– Potente Zeus, dio che governi il mondo e generosamente ci tieni ancora qui, noi automi ti siamo grate. Ma abbiamo le mani vuote. Da troppo tempo…

– Le mani vuote?

Zeus scoppiò a ridere. Era infastidito che un semplice automa fosse venuto a disturbare la sua quiete, ma era anche curioso. Aveva tollerato la presenza di quegli esseri metallici, pur sentendoli estranei al mondo degli dèi, una stravaganza che il dio fabbro s'era concesso e poi aveva dimenticato. Però adesso era attratto dalla bellezza singolare di quella fanciulla fatta in oro, che in certe forme gli ricordava qualcosa della sua consorte.

– Ascoltami Zeus, noi siamo nate per manovrare mantici, porgere martelli, tenaglie, raccogliere cenere, alimentare fiamme. Da quando Efesto se n'è andato ci sentiamo spente. Vuote. Lavoriamo per voi, cerchiamo di renderci utili, vi serviamo. Ma ci manca il fuoco…

– Cosa sei venuta a chiedermi?

– Abbiamo sentito della nuova opera che hai ordinato a Efesto di fabbricare. Ti prego: concedici di lasciare l'Olimpo e raggiungerlo. Possiamo aiutarlo, alleggerirgli la fatica e accorciargli i tempi, sbrigando le mansioni piú semplici e le piú difficili. Ci ha fatte per questo, ci ha insegnato i suoi segreti… Ha bisogno di noi…

– Che cosa nascondi dietro le tue parole ingannevoli? Efesto non ha bisogno di aiuto, e poi là dove è andato ha tutti gli aiutanti che vuole.

– E va bene. Ho un sogno che mi guida, e mi fa cosí ardita da presentarmi a te. Per questo sogno…

– Di quale sogno farnetichi? Chi credi di essere? Sei un automa, non hai anima, non puoi avere sogni.

– Non so chi sono, potente Zeus. Al mio creatore devi chiedere quale materia ha scelto, e se per qualche ragione che non conosco vi ha mescolato anche la sostanza dei sogni. Io sono come mi ha fatta Efesto. Per questo ti chiedo di poterlo raggiungere: perché appartengo a lui.

– Parli come se esistessi solo tu. E le altre? Perché proprio tu?

– Perché io ho dentro un desiderio che le altre non hanno.

– Vuoi dirmi che sei diversa?

– Efesto ha voluto che fossimo perfette, e non c'è diversità nella perfezione. Ma io sono manchevole, ho un difetto, qualcosa che non funziona come dovrebbe e che nemmeno lui ha visto…

– A lui non sfugge niente. Se ti ha creata imperfetta avrà avuto le sue ragioni. Siete delle strane creature, voi automi. Non siete dee e non siete nemmeno vere. Io non vi ho cacciate, ma non vi trattengo. L'Olimpo non è la vostra casa. E se non appartenete a un luogo, almeno apparteniate a un dio. Andate da lui, ve lo concedo.

Fiamma era andata lí da sola e aveva parlato a nome delle altre, che però non sapevano niente della sua richiesta a Zeus. Se avesse scelto la sincerità avrebbe dovuto dirgli: Voglio andare da Efesto perché ho paura che crei un'altra, una fanciulla che non sono io e a lei si affezioni piú che a me, è questa la cosa che non sopporterei.

Come poteva dirgli questo?

Ma Zeus aveva capito: non qual era la verità, ma quanto era urgente il desiderio. Chiamò Ermes. Non voleva che quell'automa imperfetto non trovasse la strada.

Ermes accompagnò lei e le altre fino all'isola dove Efesto era al lavoro. Volò di notte guidando i loro passi, e le lasciò sulla spiaggia deserta dove batteva l'onda.

Era l'alba. Un filo sottile di chiarore tagliava il buio. Efesto aveva dormito sulle pendici del vulcano, quasi in cima, dove si aprono le bocche di fuoco. E ora si preparava a scendere nelle sue profondità, per dare ordini ai Dattili.

Lo sguardo gli cadde in basso. Fu colpito da un bagliore d'oro. Guardando meglio vide una specie di fiume dorato snodarsi per le valli. Un fiume tridimensionale, che si muoveva mandando lampi e avanzava non come fanno i fiumi, ma come avesse gambe e piedi. Saliva, veniva verso di lui serpeggiando.

Si accorse che non era un fiume ben prima che s'avvicinasse: erano figure dall'aspetto umano, che tutte insieme si muovevano formando quella specie di nastro liquido. Esseri d'oro, fanciulle metalliche... automi. Erano i suoi automi. Li riconobbe, come gli uomini riconoscono un dio quando scende sulla Terra senza rivelarsi ma si rivela lo stesso, nonostante la sua volontà, perché non può che lasciare segni, un dio, una scia nell'aria, brividi in chi lo vede e, colto da stupore, non sa ricondurlo a niente di conosciuto.

Andò incontro a Ermes, prima che se ne volasse via. Il dio alato si voltò verso di lui con la sua risata squillante.

– Eccoti finalmente! Ho dovuto curiosare in tutto il mare per trovare l'isola dove sei andato a rintanarti!

– Be', curiosare è la tua specialità, dio volante. Vedo che ti trovi bene con i miei calzari alati...

– Felice di rivederti, Efesto! Dimmi che ti sono mancato.

– Mi sei mancato.

– Non mi chiedi cosa ti ho portato in dono? Un fiume di fanciulle d'oro, le tue fanciulle.

– Non è un tuo dono, tu obbedisci agli ordini. È Zeus che me le manda?

– Non credo, Zeus ha altro a cui pensare. Di' la verità, sei tu che hai richiamato le tue schiave.

– Io non ho schiave.

– Certo, il creatore che si ricongiunge con le sue creature. Poetico... Almeno ne farai buon uso, spero. Si può sapere a cosa stai lavorando?

– Zeus mi ha ordinato un'opera. Una piccola cosa...

– Smetti di mentire! Come se non ti conoscessi... Certo, farai quest'opera piccola per Zeus, ma c'è ben altro che ti passa per la mente e te la incendia, a me non la racconti. Dimmi cos'è, cosa stai fabbricando...

– Anche se fosse non lo direi certo a te, che riempi di chiacchiere il mondo! È un segreto, hai detto bene, e i segreti si nutrono di silenzio. Ma dimmi, come si vive sull'Olimpo, quali giochi, quali intrighi?

– Non ti dirò proprio nulla, non a te che ami tanto il silenzio.

Poi si sedettero vicini, all'ombra di alberi frondosi, e gli raccontò tutto. Il giorno intanto andava avanti, il carro del Sole aveva già percorso metà della mattina. Ermes parlava a Efesto del tempo che aveva passato senza di lui, ma a Efesto interessava altro.

– E l'Olimpo?

– L'Olimpo è solo una montagna. Sta dove deve stare. Cosa vuoi sapere veramente, come vive la tua sposa, cosa fa tua madre?

Efesto si chiuse in un mutismo quasi offeso.

– Che cosa posso dirti? Gli intrighi, i capricci degli dèi... Tutto è un gioco, Efesto. Anche la tua arte. Potevi restare sull'Olimpo, perché te ne sei andato? Non dirmi che è stato per quella brutta storia di Ares con Afrodite...

– Sull'Olimpo non c'è spazio per me.

– Tu vuoi uno spazio che nessun dio ti può dare.

– Di che spazio parli?

– L'amore, Efesto.

– Ti sbagli. L'amore se voglio me lo so inventare.

– Eccolo lí! Allora vedi che stai fabbricando uno dei tuoi congegni arcani? E via, fabbro, dimmi cos'è!

4.

Efesto si mise a studiare la terra. Voleva osservarla da vicino, capire di cos'era fatta.

Lasciava le fucine, se ne andava nei boschi. Si sedeva su un masso o su un tronco divelto, e ci stava ore. Guardava come la terra cambiava colore a seconda che fosse umida o riarsa, le montagnole che si formavano e poi si limavano al vento, la polvere che si alzava in mulinelli, le zolle compatte. Ne prendeva un po', di quella terra, la stringeva nei pugni e se la lasciava sfarinare tra le dita; la voleva sentire, come fosse un corpo. Stava attento all'odore, acre, intenso; ci trovava dentro il sole e la pioggia, il lavoro degli uomini e i passi degli dèi, quando si degnavano di scendere e percorrere il mondo dei mortali.

Di questo aveva bisogno, per l'opera che gli aveva chiesto Zeus: di stare solo. Non gli servivano aiutanti. Anche le sue fanciulle dorate le lasciò inerti, abbandonate in un angolo a fare niente. Sembravano solo statue. Oro impolverato, battuto dai venti.

Quando capí d'essere pronto andò dall'altra parte dell'isola, dove non c'era niente. Solo il mare, e la terra. Non rimase sulla spiaggia, salí per un breve tratto le pendici di una collinetta. Si fermò a metà, dove un piccolo ruscello saltellava tra le pietre, e lí passò la notte.

Non dormí.

Si ricordò di Prometeo, di quando aveva creato gli uomini. Gli aveva raccontato che aveva aspettato la pioggia per impastare la terra insieme all'acqua, perché era meglio fosse acqua piovana. Poi aveva copiato il corpo, lo sguardo e il sorriso degli dèi…

Però non pioveva. Non c'erano neanche le nuvole.

All'alba Efesto prese della terra tra le mani, scavò e ne ammonticchiò un bel po' ai suoi piedi, fino a farne un mucchio alto quasi quanto lui. Poi si fermò a guardare quella specie di montagnola informe. Andò al torrente, si bagnò le mani e accarezzò la terra che aveva accumulato. Prese altra acqua, mescolò la terra. Pensò che l'acqua di un torrente non era buona come la pioggia, che aveva dentro il cielo, ma poteva andar bene perché veniva dal profondo, da dove c'era il fuoco. Non se lo disse, ma pensò al fuoco. Affondò le mani in quella specie di melma e cominciò a plasmare il terriccio, a forgiarlo come fosse metallo. Non era metallo, cedeva, franava, si polverizzava se l'acqua non era abbastanza.

Si sentiva inerme, incapace, un bambino alle prime armi. Non gli valeva l'arte di una vita, doveva imparare tutto dall'inizio. Ma gli piaceva. La terra era viva come il fuoco, come il metallo che s'annida nelle pietre. Ma era anche cedevole, arresa. Da quella materia fragile era esaltante pensare di trarre una forma resistente, duratura.

Ci mise un giorno. A sera l'opera era compiuta, il rosso del tramonto colorava di ombre il corpo, il viso: era una donna. Efesto aveva modellato la forma di una donna bellissima, che assomigliava alle dee dell'Olimpo ma aveva in sé la fragilità incantevole degli esseri umani. Una fanciulla desiderabile, come gli aveva chiesto Zeus.

Le dormí accanto, e gli tornò in mente il racconto che una notte gli aveva fatto Afrodite per farlo ingelosire. Pigmalione che amava la sua statua, che assurdità…

Appena il Sole iniziò il suo viaggio, Efesto chiamò Zeus, che venisse a vedere.

– Efesto, non ti smentisci mai. Davvero possiedi l'arte piú sublime. Ma non è una statua, sebbene cosí bella, che voglio donare agli uomini. Ora bisogna darle vita.

Zeus soffiò la forza e il movimento nella fanciulla di argilla. E di nascosto, senza che nessuno se ne accorgesse, le aggiunse un dono che non sembrava necessario, ma lo era per il suo piano malvagio: la curiosità.

Poi convocò tutti gli dèi, perché l'opera non era finita e ognuno doveva dare il suo contributo. Atena le insegnò l'arte di tessere. Afrodite le regalò il potere di suscitare desiderio. Le Cariti, le Ore e altre dee la ornarono di cinture e collane, le misero addosso vesti preziose e ghirlande di fiori primaverili. Ermes le conferí la voce e le diede un nome. La chiamò Pandora, il dono di tutti. Allora Efesto suggellò la sua opera, posandole sul capo un diadema splendente. E Zeus parlò:

– Bene, ora gli uomini riceveranno da me il dono che si meritano: un male terribile. Stolti e incauti come sono, ne gioiranno. Circonderanno d'amore ciò che sarà la loro disgrazia.

E rise, il re degli dèi.

A quella risata, l'Olimpo sussultò. Qualcosa di funesto si nascondeva sotto il velo ingannevole dell'apparenza, qualcosa che gli dèi, volubili e distratti, non si presero nemmeno la briga di indovinare. Solo una sottile piega di inquietudine offuscò il loro sguardo.

Congedando Pandora, Zeus le diede un vaso. Uno di quei vasi di terracotta dove si conservano olio o frumento, chiuso da un solido coperchio, perché lei, che era un dono, lo portasse a sua volta in dono. Pandora, colei che è il dono di tutti e porta tutti i doni. Dopodiché la consegnò a Ermes, che la conducesse da Epimeteo, fratello di Prometeo. Il suo nome vuol dire colui che pensa dopo, e in quel nome era contenuto tutto quello che doveva venire.

E tutto quel che doveva avvenire avvenne. Epimeteo, incantato da tanta bellezza, sposò Pandora ed ebbe da lei una figlia, Pirra. E Pandora a un certo punto, com'era stabilito, aprí il vaso.

Lo aprí perché era curiosa. Lo aprí perché Zeus aveva voluto che lei fosse curiosa.

E da quel vaso uscirono tutti i mali che ancora non esistevano, la malattia, la pazzia, la vecchiaia... si riversarono sulla Terra e resero ancor piú faticosa e triste la vita degli uomini.

Zeus cosí aveva voluto. Non aveva mai dimenticato la scena degli uomini che ricevono il fuoco e fanno festa, si radunano intorno, cuociono le carni, si scaldano le mani e cantano. Una fitta aveva continuato a tormentargli l'anima. Non gli bastava aver fatto incatenare Prometeo alla roccia, il traditore, il tracotante ladro del fuoco che aveva osato sfidarlo. Non gli bastava mandargli l'aquila ogni giorno a divorargli il fegato. Non era colpevole solo colui che aveva regalato il fuoco, ma anche coloro che lo avevano ricevuto: questo pensava. La sera guardava dall'alto quei fuochi accendersi nelle case, la luce rossastra che rompeva il buio delle notti e scaldava il gelo delle vite umane, e gli veniva un'ira incontenibile. Non sopportava che la stirpe umana godesse di qualcosa che lui non le aveva mai concesso, che avesse un privilegio che solo agli dèi era destinato. Gli uomini dovevano pagare. Pandora fu la sua vendetta.

Efesto era caduto nell'inganno. Quando aveva forgiato le catene che avrebbero imprigionato Prometeo poteva presagire, pur non sapendo l'uso che ne avrebbe fatto Zeus, che non fossero un dono: ciò che ha forma di catena non può contenere un bene. Ma ora era diverso: aveva modellato la forma di una donna bellissima, aveva pensato che servisse a portare il bene e la bellezza nel mondo. Come poteva immaginare che una punizione prendesse la forma di un regalo, che un dio fosse cosí crudele da mostrarsi buono e addirittura munifico?

Quando seppe che il dono non era Pandora ma il vaso che portava, e che quel vaso non era un dono ma un profluvio di disgrazie, capí che l'umanità avrebbe vissuto nel dolore. Non c'era piú niente che lui potesse fare. Anzi, capí che di nuovo, ancora una volta, era stato lui l'ignaro artefice del male.

5.

Passarono mille anni, o forse nessuno. La storia è circolare, e ogni punto del cerchio è un presente che è già passato o deve ancora arrivare.

Teti tornava spesso sull'Olimpo. Si aggirava tra gli dèi, partecipava al banchetto eterno, ascoltava il canto delle Muse. E ogni tanto si riposava nella dimora che le aveva costruito Efesto e lei non aveva mai abitato. La usava adesso che non c'era piú, per sentirsi al riparo, per pensare a lui, al tempo che era passato tra di loro senza creare distanza: ovunque se ne fosse andato, nessun abisso li separava.

Teti portava in grembo un figlio, concepito con Peleo.

Lo disse a Era, la dea che un tempo le era amica. Le sedette accanto, le venne quel desiderio inaspettato, che non aveva da tanto, di stare con lei. Sentiva una vicinanza nuova, qualcosa che non riparava le ferite e non attenuava nessuna colpa, ma riannodava il filo tra loro due. Cosí lo disse a lei per prima.

– Ho dentro di me una vita che sta crescendo, Era. Un figlio. È strano: non so chi sarà, come sarà, e forse proprio per questo me lo immagino. L'attesa, la sorpresa di incontrare la bellezza che esce da noi, madri. Siamo in grado di generare, di espandere la vita fino alle soglie della perfezione. Non contempliamo mai il difetto, l'errore. Abbiamo soltanto un sogno, che per nove mesi ci accompagna. Un disegno senza contorni, indefinito. Siamo cosí ignare, cosí protese verso ciò che non conosciamo... E cosí pronte a guardare negli occhi quel mistero.

Era si alzò di scatto. Irritata, insofferente. Si allontanò con passo altero, senza voltarsi. Teti la seguí: non voleva ferirla, ma non aveva controllato il fiume dei pensieri che diventavano parole. Se ne accorse quand'era tardi.

– Era, perdonami...

La dea arrestò il passo e si voltò verso di lei.

– Lo so cosa sei venuta a dirmi, il rancore che ti tieni dentro, l'accusa che covi contro di me. Ma non ti voglio ascoltare. Goditi la tua attesa, non sai cosa ti riserva la sorte.

– Lo so benissimo, invece. Sei ingiusta, e crudele. So cosa riserva la sorte a mio figlio, e quando nascerà avrò solo paura. Ma adesso che lui non c'è, non è ancora avvolto in questa luce ed è all'oscuro della sua morte, lascia che tenti di immaginare la sua vita come vorrei che fosse.

– Un figlio è un fuoco nascosto nella terra, Teti.

Rimase quella frase, l'unica che Era avesse mai pronunciato su suo figlio. Non conteneva il nome di Efesto, ma erano parole che dicevano di lui, e affioravano da pensieri a lungo rimuginati e mai espressi. Efesto era il fuoco nascosto nella terra, che lei non era riuscita ad accettare. La paura, sempre la paura... In quel momento Era e Teti erano piú vicine che mai. Ma non se lo dissero.

Era si allontanò, col suo passo lento, maestoso. Non aggiunse mai piú parole.

Quando nacque, Teti lo chiamò Achille.

La punizione s'era compiuta: aveva sposato un mortale, e aveva generato un figlio mortale. Provò a ingannare la sorte col gesto inutile della disperazione: prese il bambino per un tallone e lo immerse nelle acque dello Stige, che lo rendessero immortale. Ma subito tremò: aveva commesso un errore. Avrebbe potuto evitarlo? E come? Quel tallone, che trattenuto dalla sua mano non aveva incontrato l'acqua portentosa, fu lo spazio della sua sconfitta, e di un rimorso eterno.

Appena Efesto seppe di quel figlio, andò a trovarla. S'immerse nel mare profondo e tornò nella grotta dove lei molto tempo prima lo aveva preso con sé, allevandolo. Voleva vederlo piccolo, quel figlio appena nato, inerme, ignaro. Voleva vedersi in lui, ritrovare il suo inizio. Ogni bambino che nasce ci riporta alla nostra infanzia.

Diede a Teti un bracciale in dono, con cavallucci marini che si rincorrevano senza prendersi mai. Un gioco, per festeggiare il suo bambino.

Si fermò un po' di tempo, a osservare le infinite moine, le cure e i sorrisi di cui una madre è capace.

– Ora saprai cos'è davvero un figlio tuo, – le disse, ridendo con la sua risata roca.

Lei chinò lo sguardo. Faceva roteare il bracciale, senza intenzione, come se volesse non pensare a niente. Invece aveva un pensiero tetro, unico e costante.

– Lui non vedrà mai la mia morte. E io che gli sono madre, invece, vedrò la sua. Riesci a immaginare un dolore piú grande?

6.

A un certo punto del tempo immobile ed eterno, la Terra si sentiva stanca. Gravata da un peso che non era piú disposta a sopportare, voleva tornare a essere piú leggera. Si lamentò con Zeus, gli chiese aiuto.

– Mi calpestano, mi deturpano, fanno disordine, strepitano per un nonnulla. Ti prego Zeus, toglimi di dosso questi uomini, liberami di loro!

Gli dèi amano molto la Terra. È lei che insieme al Cielo ha generato Crono, il loro padre. È da lei che sono nati anche gli uomini, quando Prometeo prese una manciata di terra e la plasmò mescolandovi acqua. Uomini e dèi, insieme, appartengono alla totalità del mondo: la Terra è per tutti loro la Grande Madre. Ma una diversità incolmabile separa le due stirpi: gli dèi vivono eterni; gli uomini vivono in un bagliore breve credendosi colmi di splendore e infine si consumano e cadono in un vuoto. Gli dèi disprezzano gli uomini, cosí effimeri, cosí impotenti. Li considerano simili a foglie. E per questa stessa ragione li amano, di un amore che li strazia.

Zeus si scurí in volto, un velo di buio gli coprí lo sguardo. Commosso dalle parole della Terra, trovò un rimedio radicale: la guerra.

La guerra – pensò – è in grado di alleggerire la Terra. E per gli uomini è solo un altro modo di morire. Piú breve, istantaneo. In un certo senso, piú pietoso.

Ma il piano non poteva compiersi in un attimo, aveva bisogno di una lunga strategia. Per questo Teti fu costretta a sposare Peleo. Per questo a quelle nozze tutti gli dèi furono invitati tranne una: Eris, la dea Discordia. Zeus non se n'era dimenticato, l'aveva fatto apposta: quello era il piano.

E funzionò. Eris si offese, e pensò a una vendetta. Eris, figlia della Notte e amica del dio Ares, la dea orribile e imponente, che camminando sulla terra tocca con la testa il cielo, mandò a Peleo e Teti un dono piccolo, apparentemente innocuo: una mela d'oro. La gettò in mezzo al banchetto e la mela rotolò, facendo una scia metallica.

Portava incisa una dedica fatale: *Alla piú bella*. Sembrava niente, e fu la guerra di Troia.

Ogni sfida è un pretesto, e tutto può essere una sfida. La bellezza lo è sempre. Afrodite vinse la mela, Atena e Era persero la gara. A decidere fu eletto il piú bello tra gli uomini, il giovane Paride, che diede la mela a chi gli aveva promesso Elena, la piú bella tra le donne. Fu uno scambio, niente di piú. Atena gli aveva offerto soltanto la sapienza, Era soltanto il potere: la ruota di quel gioco girava su un altro perno. Afrodite rideva, quando Paride assegnò a lei la mela d'oro della vittoria.

Paride era il figlio del re troiano Priamo, Elena era la moglie del re greco Menelao. Quando Paride andò a rapire Elena, fu chiaro che sarebbe stata guerra. Menelao pretese di riavere Elena, e suo fratello Agamennone gonfiò di navi il mare per andare a riprendergliela. Sembrava niente, ma Eris aveva vinto.

Il fuoco degli eventi era partito, e come un fiume che serpeggia si sarebbe spento solo nel mare.

Quando i Greci si prepararono a salpare per Troia, Teti seppe che per suo figlio era la fine. Suo padre era il re di Ftia, non sarebbe potuto non partire. Aveva la forza di un capo e il coraggio di un eroe, era destinato a combattere fino alla morte.

Teti fece un ultimo tentativo, per ingannare il destino. Portò Achille dal re di Sciro e lo fece travestire da fanciulla, perché si confondesse con le figlie del re e lí rimanesse nascosto. Achille boccoli biondi visse per un po' giocando a palla con le compagne, poi Odisseo venne a stanarlo. Portò doni alle figlie del re, gioielli, vesti e tutto ciò che amano le fanciulle. Mescolò a quei ninnoli anche le armi, l'astuto, lance appuntite e spade luccicanti. Achille non ebbe dubbi, scelse per sé le armi e si tradí.

Partí per la guerra. Combatté per dieci anni.

E fu l'eroe piú grande di tutti i Greci.

7·

Teti volava a Troia. Andava cosí veloce che sembrava volasse.

Era ormai il decimo anno di guerra e Achille aveva smesso di combattere, da quando Agamennone gli aveva sottratto la schiava preferita. Ma adesso doveva essergli accaduto qualcosa di nuovo, di ancora piú tremendo. Teti aveva sentito il pianto. Era lontanissima, nella casa del padre Nereo, seduta al fondo degli abissi insieme alle sorelle, ma lo aveva sentito. Acuto, straziante, il pianto di suo figlio, che tutta quell'acqua in mezzo non spegneva, le arrivava nitido al cuore.

A Troia lo trovò nella sua tenda, circondato dalle ancelle e dai guerrieri che piangevano con lui, che si batteva il petto e si strappava i capelli, il piú grande degli eroi greci.

Patroclo era morto, il suo amico, il suo amore.

Disse cosí alla madre, dandosi la colpa, cospargendosi di cenere, passando le notti insonni. Aveva sbagliato a non tornare in guerra, a chiudersi dietro le mura del suo sdegno. Avrebbe dovuto sciogliere l'offesa, smettere quell'assurda ostinazione. Esserne capace. Invece non era riuscito a soffocare il piacere fosco della vendetta: i Greci che perdono, che cadono sul campo di battaglia perché lui non combatte piú. E quando Patroclo aveva proposto di andare al posto suo per risollevare le sorti infauste della guerra, non lo aveva dissuaso dall'impresa folle, aveva lasciato che l'amico piú caro al mondo si gettasse nella mischia, che ci andasse vestito delle sue armi:

«Crederanno che io sia te, – insisteva, – lascia fare. Sarò Achille che ritorna, sterminatore di nemici. Basterà che i Troiani mi avvistino sul campo e il terrore di vedere te li perderà». Invece era morto lui, Ettore l'aveva ucciso come un cane.

C'era tutta questa storia, nelle parole che Achille disse a sua madre, insieme alla decisione fatale che lei non avrebbe voluto mai sentire:

– Devo uccidere chi l'ha ucciso. La mia sorte si compirà.

Teti abbassò il capo. Achille vide quel dolore senza scampo, e la sua pietà di figlio non trovò che parole impietosamente vere:

– Era meglio che tu rimanessi nei tuoi abissi, che non sposassi Peleo, che non diventassi mia madre. Era meglio non farmi nascere.

Sentirselo dire dal figlio, il male che le aveva sempre lacerato il cuore e che tanto aveva cercato di fuggire quando prendeva mille forme, quando neanche quella della seppia l'aveva salvata da Peleo... Nelle parole del figlio ora Teti vedeva compiersi quel male, a cui era da sempre arresa: generare un figlio che morirà. Non poteva chiedergli di fuggire dalla guerra e non vendicare Patroclo. Non si può chiedere a chi è mortale di evitare la morte. Cosí, espresse in parole il futuro che da sempre era presente:

– Se ucciderai Ettore, avvicinerai la tua fine.

– Lo so.

Achille sapeva a cosa andava incontro, non perché fosse il suo destino ma perché era il destino che lui stesso s'era scelto. Vuoi una vita lunga e in pace ma senza onore, o una vita breve ma gloriosa? La domanda risuonava nell'aria. Lui aveva esitato, sí, ma per un istante cosí breve che non spostò nulla, non fece neanche un'increspatura. Conquistarsi la gloria e morire è l'unico modo di vincere la morte, per chi non è immortale. Scelse la vita breve, e soltanto quando raggiunse l'Ade e andò ad abitare la grigia landa della morte s'avvide dello sbaglio.

Teti lo guardava straziato dal dolore, ma ancora vivo. Tentò l'ultima strada, già sapendo che era inutile:

– Non hai piú le armi, Achille. Ettore le indossa e se ne fa vanto. Non dovrebbe, perché non lo difenderanno: presto soccomberà. Ma intanto se l'è prese, e tu ora non puoi combattere, figlio mio...

– È vero, sono inerme. Ma non lo sarò per molto, perché tu sei qui. Sei mia madre, sei venuta per aiutarmi.

Aiutarti a morire? Questa domanda Teti se la tenne dentro, faceva troppo male. Non c'era spazio per il suo dolore, ora doveva agire. Se non poteva aiutare il figlio mortale a vivere, almeno lo avrebbe aiutato a morire con gloria.

Andò a cercare Efesto. Percorse in un attimo mare e terra portando con sé una preghiera urgente, che non sopportava attesa.

Lo trovò nella fucina di Lemno, che il fabbro divino aveva costruito in bronzo, enorme, indistruttibile, un tempio di fuoco illuminato dalle faville, brillanti come stelle. Sudato, ansante, fabbricava la sua opera immane e segreta di cui nessuno era a conoscenza. Neanche i Dattili, che lo aiutavano. Stavano ai suoi ordini e basta, forgiando pezzi senza mai farsi domande. Il battito assordante dei martelli sulle incudini, i mantici che soffiavano sulle fornaci.

Efesto non sapeva niente della guerra. Chiuso nelle sue fucine, immerso nella creazione delle sue opere, teneva fuori il mondo. Non gli importava degli eventi, cosí effimeri, cosí ambigui. Quando Teti lo raggiunse, vide che non era venuta lí per raccontargli la guerra, ma perché un macigno le opprimeva il cuore. Trafelata, si gettò ai suoi piedi.

– Ho bisogno di armi, le piú belle che sai costruire. È rimasto solo, indifeso, e vuole tornare a combattere, per uccidere. Non riuscirò a fermarlo...

Inutile chiederle per chi fossero le armi. Efesto non sapeva nulla della guerra ma quella disperazione la vedeva:

era la disperazione di una madre. Contrasse i muscoli, ridusse le pupille a un taglio orizzontale.

– Achille.

– Lui è il figlio dal destino breve, e tu...

– E io non sono tuo figlio.

– Tu sei il figlio eterno, che può aiutarlo.

– Sai che non è vero.

– Ti chiedo solo delle armi, che lo proteggano..

– Da quando in qua le armi proteggono, Teti?

Non la vedeva da tempo. E ora trovarsela davanti cosí, implorante, vinta... Si sarebbe buttato nel fuoco, per lei. Avrebbe esaudito ogni suo desiderio, qualunque fosse; avrebbe fatto anche quelle armi impossibili, per placare il suo dolore. Eppure sentiva in sé un fastidio, qualcosa che gli oscurava i pensieri e assomigliava alla gelosia. Achille destinato a morte, Achille infelice, sventurato, aveva però l'amore di una madre che non ci aveva messo niente a volare lí, a chiedere aiuto al figlio immortale per il figlio mortale. Chi dei due era il piú amato?

Si mise subito al lavoro. Teti non si mosse, rimase nella fucina aspettando che finisse. Gli guardava i gesti, come sapevano domare il fuoco, deformare con l'urto la forza del metallo, piegare ogni durezza. In una mano teneva un maglio, nell'altra le tenaglie, il fabbro ambidestro. In un momento diverso si sarebbe presa il piacere di ammirarlo, quel dio infelice e geniale che lei aveva salvato appena nato. Ma il tempo, che per gli dèi non passa, l'aveva portata avanti, a sfidare l'impossibile. E lei era tutta dentro quella sfida, ora, non aveva spazio per nient'altro.

Efesto fece per prima cosa uno scudo immenso. Poi una corazza splendente, un elmo con il cimiero d'oro, e gli schinieri di stagno. Quando ebbe finito, fiero di sé sollevò quelle armi e le porse alla madre di Achille. Lei le prese senza una parola e scomparve in un balzo, impaziente.

A Efesto sembrò il volo di uno sparviero, che sfiora siepi e arbusti a una velocità inaudita e poi atterra sulla preda e in un attimo l'afferra. La immaginò cosí, che scendeva dritta sulla meta, a consegnare al figlio le mirabili armi. Immaginò quella precisione alata, inutilmente rapace. E nel cuore gli venne un rapido sorriso.

8.

Tutto s'era dimenticato, vivendo. E tutto si ricordò in un lampo, senza rendersi conto di ricordare, quando si mise a fare quello scudo.

Era una superficie piana e circolare, dove poteva far stare il mondo intero. E lui tutto il mondo voleva regalare a Achille, perché lo difendesse. Il mondo che non difende nessuno, che semmai va difeso... Sapeva che sarebbe stato inutile, che nessuno scudo lo avrebbe protetto perché non c'è scudo, corazza o freccia che impedisca la morte a chi deve morire. Achille era un dio ma anche un uomo aveva in sé le due possibilità. E si sapeva quale avrebbe vinto.

Nonostante ciò, Efesto gli stava facendo lo scudo piú bello che poteva. Voleva in realtà regalarlo a Teti, perché lei lo desse a Achille. L'amore non avrebbe vinto la morte, perché l'amore è sempre inutile, un di piú che non serve a niente. Ma in quel passaggio da madre a figlio c'era tutto l'amore, sterile e straziante, e Efesto voleva vederlo. Lo voleva per sé. E se lo prendeva, anche se trasferito su un altro. Per interposta persona. Faceva quello scudo per prendersi il gesto della madre che lo porge al figlio. Ma senza pensarci su, senza che nessuna intenzione gli si chiarisse; solo con l'intuizione delle mani. Le sue mani. Cosí potenti, cosí precise. La precisione è tutto, anche nell'amore. L'arte di non sbagliare il minimo dettaglio.

Efesto scolpí sullo scudo il mondo che aveva visto precipitando, appena nato, dall'Olimpo. Semplicemente se lo ricordò. Appena mise mano a quello scudo, si ricordò del mondo come l'aveva visto dall'alto; e come il mondo era rimasto sempre, per lui: non importa cosa la vita vi aveva aggiunto, si capisce tutto la prima volta, e tutto resta come lo si è capito la prima volta. Ma pochi hanno il privilegio di vedere il mondo nella sua interezza in un solo colpo. Pochi hanno il privilegio di cadere, nascendo, di sorvolare. Forse solo gli artisti. Cosí gli aveva detto Apollo, un giorno. Forse per questo l'opera d'arte ha sempre un che di distante, qualcosa che sorvola, che non si fa raggiungere.

Efesto scolpisce sullo scudo la guerra e la pace, perché quel che ha visto all'inizio è che il mondo non ha mai scelto dove stare. Scolpisce la vita e la morte, la gioia e il dolore, la fedeltà e il tradimento, perché questo ha capito, che nulla è mai fermo, ma tutto in circolo, continuamente, e ogni cosa diventa il suo opposto.

Nel cerchio piú piccolo, al centro, ci mette l'universo. La terra, il cielo e il mare. Il Sole, la Luna, le Pleiadi, Orione, l'Orsa che disegna la storia di Callisto e di suo figlio. Le stelle che aveva guardato con Prometeo, e poi da solo, sulle cime perdute dell'Olimpo.

Nel secondo cerchio concentrico ci sono due città. Una è in pace, regolata da leggi e armonia; nozze, banchetti e canti; scoppia un litigio, e la gente sa che si può dirimere, aspetta il giudice che dia il suo equo verdetto. Perché gli uomini credono alla giustizia: è ciò che permette loro di litigare. L'altra città è devastata dalla guerra, c'è un gran frastuono di armi (Efesto sa scolpire anche il frastuono), i cavalli s'inseguono, gli uomini combattono, si feriscono, muoiono. Perché gli uomini credono alla guerra: credono sia il modo di conquistarsi la pace. Sopra di loro aleggia la Chera, il funesto destino dei guerrieri, che porta sulle spalle una veste rossa del sangue umano. Perché questo è il prezzo da pagare: il sangue.

Nel terzo cerchio c'è la vita dei campi. Le zolle di terra che si rivoltano, la stanchezza dei contadini e il vino che ogni sera li ristora. Il grano tagliato con la falce, legato con la paglia. E un re, a cui portano i prodotti della campagna, un re che tiene lo scettro godendo in cuore. Perché i molti che lavorano, lavorano sempre per uno solo, che non fa niente e crede di governare il mondo. E c'è una vigna stracarica di grappoli, fanciulle e ragazzi che raccolgono l'uva nera (anche la giovinezza Efesto sa scolpire nel duro bronzo, lui che non è mai stato giovane e non sarà mai vecchio), giovani che hanno pensieri sereni e gioiosi (scolpisce anche i pensieri), si allietano al suono della cetra credendo che basti una musica a uccidere la morte. E una mandria di vacche che muggiscono, muovendo verso il fiume (Efesto le ritrae che sembrano muggire). E due leoni che sbranano un toro, tracannano le viscere e il sangue nero. Perché è cosí, la gioia si alterna col dolore, la pace con la guerra, la violenza alla dolcezza.

Nel quarto cerchio una danza. Danzatori e danzatrici vestite di sottili veli (Efesto sa mimare nel metallo la sottigliezza dei tessuti), che si tengono per mano e volteggiano alla musica. Una danza simile a quella che mimava a Cnosso il palazzo del Labirinto, l'aveva visto quand'era andato a trovare Dedalo. Perché tutto ha dimenticato, Efesto, e tutto ricorda quando crea.

Infine all'ultimo giro dello scudo, il cerchio esterno, piú grande e piú lontano, Efesto mette Oceano. Il fiume-anello che chiude tutto, raccoglie il mondo e lo mantiene stretto. Perché i confini non siano barriera, ma saldatura.

Cosí Efesto fece lo scudo, splendente.

E non importa che quello per Achille fosse soltanto uno scudo: lui ci aveva scolpito ciò che aveva visto, per lui era il mondo.

Lo sapeva bene che era inutile, che quello scudo non avrebbe difeso Achille. Era una sfida che lo aveva attratto, ma sapeva che l'avrebbe persa. Fabbricava opere mirabili, impotenti di fronte alla morte. Ma in quella sconfitta si ritrovava, e in qualche modo gli faceva bene sentirsi uguale agli uomini: perdente.

Ancora una volta provò a negare la sconfitta. Iniziò a seguire Achille, a sorvegliarlo. Lo salvò, quando il fiume Scamandro che circonda Troia uscí dal suo letto e balzò con furia contro di lui. Denso del sangue dei morti, di tutti i guerrieri che Achille aveva ucciso gettandoli nelle sue acque, montava di rabbia e stava per travolgerlo con la sua onda in piena. Allora Efesto fabbricò un fuoco prodigioso, che in poco tempo asciugò la piana, bruciò gli alberi e l'erba sugli argini, e si diresse contro il fiume. L'acqua cominciò a bollire, non poteva piú avanzare di fronte alla vampa: arretrò, esterrefatta, tornando nel suo alveo.

Lo salvò, quella volta. Achille non fu travolto dal fiume: ma solo perché non era giunta la sua ora.

Perdente. Aveva perso sempre, Efesto. Si ricordò di quando Prometeo gli aveva insegnato a pescare. Pescare è imparare a perdere. Forse era per questo che glielo aveva insegnato: Prometeo aveva paura per lui, s'era sempre ingegnato a proteggerlo, da quel che era stato e da quel che sarebbe venuto poi. Non c'era un prima e un poi, Prometeo vedeva il tempo prima che si svolgesse.

Quando Efesto diede le armi a Teti e la guardò volare come uno sparviero e gli venne quel sorriso breve, era per questo. Sorrise, perché sempre fiduciosa è la speranza di una madre. Ma dura poco, perché se quella madre ha generato un figlio che morirà, ogni speranza è un fuoco che si spegne.

Achille tornò a combattere. Indossò le armi che gli aveva fatto Efesto e uccise Ettore. Com'era la sua volontà. Com'era il suo destino.

Sapeva di avere la vita appesa a un filo, uno dei suoi cavalli glielo disse. Balio e Xanto, i cavalli immortali figli del vento Zefiro, che Poseidone aveva donato a Peleo il giorno delle sue nozze e Peleo al figlio in partenza per la guerra. Come un'inutile eredità.

Abbassando il capo, la criniera che cadendo lungo il giogo carezzava la terra, Xanto si trovò in bocca le parole che non sapeva di avere:

– Il giorno della morte ti è vicino, Achille, e non sarà la nostra lentezza a perderti. Siamo i tuoi cavalli, ti siamo fedeli, non ti abbandoneremo. Potremo anche correre come nostro padre, il piú veloce dei venti, ma non ti salveremo dalle Moire, che hanno già deciso quando recidere il filo.

A Achille non piacque il discorso del suo cavallo. Sapeva benissimo che sarebbe morto, ma non voleva sentirselo dire, anzi, aveva bisogno di dimenticarselo. La sua mente doveva essere presa da altro: combattere, uccidere. E poteva combattere e uccidere solo se non pensava alla fine.

Achille combatté e uccise. Poi le Moire recisero il filo e lui fu ucciso da Paride. Cosí parve, cosí era quel che tutti videro. La verità però si annida in ciò che non si vede. Fu Apollo a uccidere Achille. Apollo aprí la strada a quel tallone indifeso, non toccato dall'acqua, che l'avrebbe reso immortale. L'errore di Teti, quando bagnò il figlio appena nato nel fiume Stige. Poteva non farlo, quell'errore? Se lo chiese per sempre, ma conosceva la risposta. Gli dèi sfuggenti, giocosi, prepotenti e capricciosi muovono le azioni dei mortali. Si nascondono, appaiono di colpo, spariscono nel nulla. Scendono sulla Terra non visti, subdoli si mescolano ai viventi e li salvano o li annientano, come pare a loro. Parteggiano per gli uni o per gli altri, favoriscono chi hanno caro e perseguitano chi odiano. Elargiscono doni, tramano inganni. Credono di avere un potere immenso. Non si chiedono se ce l'hanno davvero, conoscono la risposta. Le Moire, sono loro a condurre il gioco, il destino che non si vede, l'inevitabile. Ciò che *deve* succedere.

Fu Elios a dire a Efesto che era stato Apollo, quando gli diede la notizia che Achille non era piú tra i vivi. Elios che vede tutto e non si trattiene, non sa non dire quel che vede.

– Apollo ha guidato la mano di Paride, facendo in modo che la freccia andasse precisa sul tallone.

Efesto impallidí. Proprio Apollo, il dio che se ne sta in disparte, disdegna il potere e conosce la poesia del canto, il dio che parla di arte e insegue amori che non si realizzeranno mai. Il dio scontroso e solitario quanto lui, in cui gli pareva di specchiarsi. Proprio il suo amico Apollo aveva ucciso Achille, e aveva frantumato lo scudo e le armi splendenti che lui aveva forgiato per proteggerlo. Non aveva avuto rispetto per la sua arte, né riguardo per la loro amicizia, né pietà per l'amore che lo legava a Teti.

Efesto reagí come se Apollo avesse inferto a lui quel colpo mortale. E la delusione per un amico brucia piú di una ferita, capovolge lo sguardo, e tutto quel che prima sembrava oro di colpo è fango, il muro intatto mostra le crepe, crollano le colonne del tempio. Eppure Efesto doveva conoscere la natura ambigua di Apollo, doveva prevedere l'inganno, e anche la slealtà: Apollo non aveva colpito Achille di sua mano, ma nascondendosi dietro la freccia di un altro. Subdolo, vile. A cosa vale amare la musica e la bellezza? E in quali errori ci addentriamo scegliendoci gli amici, quale vista distorta ci guida al buio?

Elios gli rivelò un'altra terribile verità: anche Patroclo era stato ucciso da Apollo, non da Ettore.

– Apollo parteggia per i Troiani, ha in odio i Greci. Non ti devi stupire, Efesto. Gli dèi non sono imparziali, si lasciano portare dalle passioni come piume dal vento, tentano ogni mossa per far vincere chi hanno a cuore. Apollo è sceso dall'Olimpo col suo passo rimbombante e s'è gettato nella mischia, coprendosi di una nebbia fitta. Patroclo non l'ha visto, come poteva? Il dio gli si è messo dietro e lo ha colpito sulla schiena; gli ha fatto cadere l'elmo dalla testa, i pennacchi che si sporcano di polvere, avessi visto... non la finivano di rotolare sul terreno. Poi gli ha slacciato la corazza e spezzato la lancia. Solo allora

Patroclo si è fermato, preso da vertigine, esterrefatto, prima che la vita gli scivolasse via.

Efesto ascoltò il racconto del Sole senza interromperlo. E non disse niente, alla fine. Le ultime parole del Sole si persero nel cielo, dietro il carro infuocato che già si allontanava portando avanti il giorno.

Achille aveva ucciso Ettore, che non aveva ucciso Patroclo. E Paride aveva creduto di uccidere Achille.

È difficile accettare che ciò che accade non è mai come sembra, che dietro le azioni che siamo certi di compiere si muove sempre un dio invisibile.

Efesto pensava a quanto è ingannevole la vita, e anche la morte. Uccidiamo i nemici che crediamo di vedere, ma sono solo ombre. I veri nemici non possiamo ucciderli perché non li vediamo. Appaiono, scompaiono. Se ne vanno indisturbati.

Teti tornò da Efesto, quando tutto era avvenuto. Si volle prendere un tempo con lui, con quel dio che non era suo figlio ma era immortale, non conosceva morte ma capiva il dolore.

Lo trovò che s'affaccendava nella sua fucina, zoppicando. Respirava con difficoltà, come se non riuscisse a prendere l'aria che gli serviva. E spesso, scosso da vertigini e convulsioni, si appoggiava al tavolo per non cadere. Gli occhi, soprattutto, gli davano dolore. Se li sfregava di continuo, con fastidio, come volesse togliere spine taglienti che gli si erano conficcate.

Teti lo guardò con pena, non l'aveva mai visto cosí. O forse era stata distratta. Presa dal suo dolore, non aveva visto i segni di quanto soffriva. Lo sapeva che faceva un lavoro faticoso, che l'estrema vicinanza alle fornaci seccava e danneggiava la vista, che stare a lungo in piedi comprometteva la salute delle gambe e della schiena, e respirare i fumi del metallo arroventato e dei carboni gli avrebbe guastato i polmoni. Lo sapeva fin da quando era bambino e molte volte se n'era preoccupata, e ne aveva parlato con ansia a Eurinome, e a lui aveva chiesto di darsi tregua, di non lavorare con tutta quella cieca dedizione.

Non disse niente. Ma Efesto vide il suo turbamento, e non volle appesantire il cuore di quella madre già provato dalla morte del figlio.

– Mi sono stancato un po', ultimamente. Passerà.

Cosí le disse. Andarono a sedersi fuori, su una piccola altura davanti al mare, dove l'aria rinfrescava la pelle e faceva respirare un po' i pensieri. Non parlavano. Guardavano le onde, la finzione di un'acqua che sembra sempre arrivare e non arriva. Anche il mare non è come sembra. Tutto è fermo, almeno tutto quel che è per sempre. Anche loro due erano fermi, restavano lí immobili, l'uno accanto all'altra. Gli uomini invece non restano. Hanno la terribile sventura non tanto di morire, quanto di sapersi mortali. Vivono la loro morte, durante la loro vita.

Ma anche sapersi immortali è un peso. Cosí si tormentava Efesto.

– Se il nostro tempo è infinito, avremo il tempo di veder succedere ogni cosa, – le disse, e forse voleva consolarla.

Efesto pensava spesso a Achille, sentiva una strana fratellanza con quel ragazzo dalla vita breve. Anche Achille era stato il figlio non voluto, ma per troppo amore: Teti lo amava cosí tanto che non voleva farlo nascere, perché non morisse. Generare un figlio che sai già di perdere: questo è intollerabile, nessuna mente riesce a concepirlo.

Guardava Teti seduta accanto a lui, le lacrime le scendevano lente e inumidivano appena le guance. Almeno lei poteva piangerlo, il figlio che aveva perduto: perché lo aveva perduto. Perdere regala il pianto, e piangere è la forma piú alta dell'amore.

Efesto invidiò quel pianto. Come avrebbe potuto amare fino a piangerne, se la morte non gli portava via nessuno?

9.

Non riusciva a darsi pace, il dolore di Teti gli era insopportabile. Non era lui la causa della fine di Achille, ma era lui che, nonostante le armi che gli aveva costruito, non era riuscito a proteggerlo. Né a capire chi era davvero Apollo, e che da lui sarebbe venuta la morte.

Per lungo tempo andò vagando solo, col cuore pesante. Malediceva se stesso, la sua mente confusa, limitata, e il suo caparbio voler storcere metalli al fuoco. L'arte non vale niente, arrivava a dirsi, è solo uno strumento di chi con arroganza governa il mondo e decide le vite degli altri.

Aveva una speranza, però. Come gli uomini, che al fondo del vaso di Pandora trovarono l'unico dono che non era uscito, che si era salvato: la speranza. Non sperava in qualcosa di definito, aveva piuttosto un pensiero che lo tirava avanti. Con quel pensiero in mente abbandonò le sue isole, e tutte le sue fucine.

Andò a vivere in un posto che nessuno sa, che non è terra e non è mare. Molti dicono sia un confine, un filo che si tende e si sposta continuamente, imprendibile come l'orizzonte. Molti dicono che sia di nuovo un'isola, ma diversa da tutte le altre, scoscesa, fatta di dirupi e rocce cosí aguzze da essere inaccessibile. Uno scoglio ripido troncato a metà in orizzontale, un'isola altopiano, che offre al cielo non una cima ma una spianata estesa e brulla, e per il resto è precipizio. Senza entroterra, senza approdi Forse un'isola di confine, sul margine estremo del fiume Oceano, oltre il quale finisce il mondo. Un posto dove nessun dio, nessuna voce tuonante potrà mai piú raggiungerlo a dargli ordini a cui non vuole obbedire, e nessuna madre verrà piú a pregarlo di un'impresa che non sa compiere.

Si chiami fuga o si chiami orgoglio, forse è soltanto libertà. La libertà di creare. Cosí gli aveva detto Prometeo, un giorno: creare è solo un altro modo di ribellarsi.

Da quell'altopiano buttato in mezzo al mare si vedono ogni tanto, verso sera, bagliori rossi squarciare il cielo, e faville percorrere semicerchi di luce.

Dicono che lí, su quel confine precario e introvabile, sulla spianata estesa di quell'isola tagliata a metà, Efesto abbia costruito l'ultima e piú grande sua fucina, e stia lavorando alla sua opera immane. La sua ossessione, di cui non parla con nessuno. L'idea che non si possa amare se non qualcuno che morirà.

Epilogo

Fiamma

Era notte quando sono arrivata. Non ho fatto niente, l'ho guardato dormire.

Aveva le mani stanche, l'ho capito da come nel sonno gli erano cadute, accanto al corpo: sembrava non fossero sue. Respirava forte, ogni tanto era scosso da sussulti brevi e violenti. Un leggero sudore gli imperlava la pelle, nera di fuliggine. Mi è sembrato vecchio.

Quando è venuto mattino, mi sono nascosta. E sono stata tutto il giorno a guardarlo. Ha lavorato senza smettere un momento. Lavora qui tutto solo, è incredibile come ce la possa fare. Lavora senza fretta, direi con lentezza. E precisione. Non è vecchio. Non è cambiato niente da quando era sull'Olimpo e poi sulle sue isole, e aveva noi aiutanti: lavorava già allora come se fosse solo, cosí, con disperazione. Solo in tutto l'universo, lui, a fondere metalli al fuoco, a batterli innalzando al cielo un fiotto di faville che a me sembravano stelle. Lo chiamavo l'uomo delle stelle. Per me era soprattutto un uomo.

Su questa specie di altopiano s'è costruito una fucina immensa, un'altra, l'ennesima. Non ho capito cosa stia facendo, qui è tutto vuoto. Forse l'opera è da un'altra parte, o l'ha nascosta. Io gli vedo fare pezzi isolati, che accumula in un angolo e hanno una forma indefinita. Non è chiaro a cosa servano.

Quando mi pare di aver osservato abbastanza, mi avvicino. Lui è di spalle, davanti a una fornace. Il suo corpo contro il fuoco è un'ombra nera gigantesca.

C'è silenzio, perché non sta battendo nessun ferro. E il fuoco non fa mai rumore. In quel silenzio cammino piano, attenta. Voglio passargli le tenaglie, o un mantice, come se fosse naturale che io sia qui, come se da sempre gli fossi accanto. Voglio che rimanga sorpreso di me.

Ma i miei passi sono metallo sulla pietra. Si volta, e mi vede troppo presto. Si copre gli occhi con le mani, arretra. Il mio oro è una luce accecante, disegna davanti a lui un corpo che forse ha dimenticato di aver fabbricato. Gli vedo addosso un fastidio e uno stupore.

– Scusami, non volevo turbare il tuo lavoro... Sono uno dei tuoi automi...

– Mi hai seguito? Mi segui ovunque?

– Sono solo venuta ad aiutarti...

– Non è vero.

– Aiutarti è il mio compito, no?

– Questo è quello che hai detto a Zeus, quand'eri gelosa di Pandora.

– Come lo sai?

– Ti ho creata io, conosco i tuoi pensieri.

– Non è vero, non tutti...

– Io lo so cosa sei venuta a fare. Vuoi vedere cosa sto facendo, qual è quest'opera misteriosa che nessuno sa.

– Mi piacerebbe, sí.

– Non puoi. Le opere sono prima pensieri, poi diventano racconti, e solo dopo sono qualcosa di visibile. Prima che tu riesca a vedere l'opera immane, devi ascoltare.

È sera. In questa fucina aperta sul mare si vede calare il buio, non c'è tetto a chiudere fuori il cielo. Efesto apre il suo sgabello pieghevole, si toglie gli schinieri che lo reggono e fa per sedersi. Non controlla bene lo spazio e sta per cadere, vorrei sorreggerlo ma mi fermo. Sono stupita che mi voglia parlare, e ha l'aria di volerlo fare a lungo, come avessimo davanti tutto il tempo. Non osavo sperare tanto. La sua voce viene da lontano, dal passato che non ho visto.

– Io non volevo amarla, volevo che mi amasse. Anche solo che mi guardasse. Per questo l'avevo imprigionata su quel trono: sarebbe stata immobile, non avrebbe potuto non guardarmi. Infatti mi ha guardato. E io ho guardato il suo sguardo su di me, e ho visto cos'era, come cambiava: dal terrore allo smarrimento, alla preghiera. Non era amore. Quegli occhi mi pregavano, chiedevano salvezza, ma non amavano.
Allora ho capito che lei non mi avrebbe mai amato. Ma io sí. Io potevo farlo. Cosa può fare un figlio se non salvare sua madre? Morire per lei, anche, se solo si potesse morire… Certo che l'ho liberata. Era previsto. L'avevo liberata mille volte ancor prima di incatenarla, non ci voleva Dioniso, non ci voleva Zeus. Era inerme, su quel trono, impaurita. Piccola. Le mani erano piccole. Mi sono soffermato sulle mani di mia madre. Ho notato i tendini nello spasmo e mi è nata una pena. Che non era pietà. Era bene. Le volevo bene.
E per questo ho desiderato la sua morte. Sí, ho desiderato la morte di mia madre.
È stata la prima volta che mi veniva quel pensiero. Desideravo che morisse, lei che non può morire mai, che ha questo fardello dell'immortalità. Esiste da chissà quanto tempo e non si spegnerà mai. Esiste. Per sempre.
Io invece volevo una madre mortale. Non è facile. Non so spiegare bene, era un pensiero appuntito, nato come un bagliore. Poter piangere la propria madre quando non è piú, come Teti ha pianto il figlio. Portare un tralcio di vite sulla tomba, come ha fatto Dioniso con Semele. Scavare una buca e farci cadere il corpo dell'amico morto, e poi piantare sul tumulo un ramo secco perché diventi una pianta: come il gesto del primo uomo che ho visto. Fare sacrifici, innalzare il fumo sull'altare, spargere liquori sulla terra, costruire simulacri… In quali modi piú sublimi si può amare?

Sono rimasta davanti a lui, ma piuttosto lontana. Mi sono seduta a terra appoggiando la schiena contro una piccola roccia. Vorrei rispondergli in quali altri modi si può amare, ma il suo racconto è un altro e non deve essere interrotto. È il fiume che deve arrivare al mare. E io non sarò la pietraia che lo fa deviare.

– Protrarre la memoria di lei. Averla nel cuore, visto che non l'avevo avuta nella vita, nelle cose, nei giorni. Solo se non fosse esistita piú, avrei potuto provare quell'amore che non mi era stato dato.
E lo sapevo, che il mio era l'unico desiderio al mondo impossibile da realizzare.
Eppure...
Ho costruito tutto questo per lei. Ora sarai contenta. È per spiarmi che sei venuta, per vedere l'opera misteriosa a cui sto lavorando. E va bene, eccola, ce l'hai davanti!

Ha smesso di parlare.

Ma io non vedo niente, nessuna opera, nessun oggetto. Non oso dirglielo. Mi volto, spazio con lo sguardo fin dove posso, fino negli anfratti in ombra, arrivo a scrutare l'orizzonte, che adesso è una striscia buia. Ma niente.

– Che cos'è? – gli chiedo.

– Una tomba. Un sepolcro, un mausoleo... Chiamalo come vuoi.

– Un mausoleo per chi?

– Per mia madre.

– È questa l'opera che stai facendo, un mausoleo per tua madre?

– Sí.

– Ma... tua madre non morirà mai.

– Lo so. Quando l'ho liberata dal trono, me ne sono andato via di corsa. Senza voltarmi. Scuro. Rabbioso. Gli dèi hanno pensato che non l'avrei perdonata mai. E invece non c'entrava il perdono. Né la vendetta. Sí, era stata vendetta il volerla imprigionare, il gusto di restituirle il male. Ma poi ho capito che il mio intento era un altro. Me ne sono andato perché m'inseguiva questo pensiero. Questo pensiero assurdo. Non stavo fuggendo... Andavo a costruire il mausoleo.

Ora tace. Si alza, a fatica. Ho l'impressione che ci veda poco, perché cammina di sbieco e qualche volta inciampa.

Va a controllare i suoi fuochi, uno per uno, a che punto è la brace, che non si spenga. Qua e là aggiunge legna, soffia col mantice. Vedo ripartire le fiamme, altissime, sfidano il cielo. Poi si calmano, tornano com'erano. Il fuoco s'accontenta.

– Sto costruendo qualcosa per la sua morte, sí. Non so cosa sia esattamente. Una tomba, una montagna, un tempio...
Non devo nemmeno mostrartela, perché la stai già vedendo, ci sei sopra: è quest'isola! L'isola dove stiamo adesso, che non è mai stata un'isola. Anzi, non è mai stata. Non c'era niente, qui. L'ho costruita io. Eccola, la mia opera immane!

Tace di nuovo. È una pausa calcolata, lo sento. Vuole che il mio stupore abbia lo spazio di respirare e poi di placarsi. Non si placa.

– Volevo fare qualcosa di grande, che s'innalzasse in mezzo al mare e si vedesse da ogni parte... Un tempio galleggiante per sempre sulle onde.
Sono arrivato a metà, manca ancora la cima. E ho appena abbozzato le figure che voglio scolpire nel metallo. Statue giganti, assorte, in ginocchio, con le braccia alzate.
Ma non so se la finirò, quest'opera assurda. Avrebbe senso finirla? A cosa serve?
È un mausoleo che aspetterà invano un corpo da custodire. È un monumento eretto alla follia di un figlio. Non so nemmeno piú quando l'ho iniziato, mi pare da sempre, fin da quando ero piccolo. Ma allora era un pensiero, adesso esiste. Non finirò mai, è ovvio. Mia madre non morirà, non le servirà una tomba. Ma continuerò a lavorarci, ne

ho bisogno. Se non la immaginassi mortale, non riuscirei ad amarla. Mi capisci?

L'ho ascoltato fino alla fine, adesso tutto è piú chiaro. Ma non so cosa dire. Mi viene una strana paura, e qualcosa che ha la forma serpeggiante dell'invidia. Invidio forse chi è in grado di morire? È un pensiero irragionevole, una follia. Nemmeno io morirò, questa è l'atroce verità, sono fatta di metallo. Un metallo corruttibile, è vero, che forse un giorno si consumerà. Ma chissà quando. Efesto mi ha fatto il torto di non costruirmi vera: non ho vita, dunque non avrò morte.

E come potrà amarmi, se mi avrà per sempre?

Di colpo mi viene voglia di scappare, andarmene di qui per non esserci mai piú. Lasciarlo. Perché possa amarmi piangendomi...

La fuga non è la morte, ma le assomiglia. Meglio che stare qui per sempre. Se voglio che mi ami me ne devo andare. Pregusto la sua sofferenza, le lacrime che verserà.

Ma poi lo vedo camminare, sta andando ad attizzare un fuoco che si stava spegnendo... Vedo quel suo passo che batte il ritmo di un dolore mai sopito. E capisco che il tempo, se mai passa, passa inutilmente.

Torna a sedersi, e racconta.

– Certe notti sogno ancora di cadere, sai? Sono su una cima altissima e di colpo comincio a precipitare, e non la smetto di cadere finché non mi sveglio. Sudato, angosciato. È l'incubo che non finisce. Poi mi dico che invece ce l'ho fatta, che posso scappare, trasformarmi, essere mille forme... Sono il polpo che occhieggia dalle caverne, il granchio che afferra il pesciolino, il totano gigante e le due valve chiuse di una conchiglia. Sono tutto quello che posso creare, scolpire, forgiare...

Ma poi, è vero che posso tutto questo?

Sapere che tu sei qui mi calma un po'.

Mi sento vecchio. Mi sembra di poter dire che mi sento vecchio, anche se la vecchiaia non può riguardare chi vi-

ve in eterno e non patisce il correre degli anni. Ma la vecchiaia non è quello che sembra, è semplicemente un accumulo. L'accumulo di tante giovinezze successive, che non passano, restano lí, una accanto all'altra.
Non dimentichiamo nulla, questo è il male. La vecchiaia è proprio l'infinità estenuante di questo ricordare. Ci sentiamo stanchi e vecchi anche se continuiamo ad avere membra forti, muscoli scattanti, occhi vivi, perché non riusciamo a dimenticare. Se il tempo non esiste, se è solo un nastro che scorre, un fiume come il fiume Oceano, allora nulla inizia e nulla finisce, nessuno perde e nessuno vince.

Capisco cosa vuol dire. E forse sono venuta qui per questo. Sentivo il suo malessere, il nodo che lo prendeva e lo stritolava nelle sue spire. Il creatore mette sempre una distanza tra sé e la sua opera, appena l'ha creata la dimentica, non è piú sua. Ma l'opera mantiene il filo, non si stacca mai. E sente i turbamenti e le gioie di chi l'ha creata. La creatura conosce il suo creatore, non è mai il contrario. Sono venuta a dirgli che non ha perso, se io sono qui.

– Ho sempre pensato d'aver perso, ma forse non è cosí. Bisognava solo darsi un tempo piú lungo, infinito. Credere che il tempo sia infinito, e godere finalmente del privilegio dell'immortalità. È vero, se il nostro tempo è infinito, avremo il peso di veder succedere ogni cosa, ma c'è anche il piacere di vedere quelle cose succedere, venire una dopo l'altra, il bello che sussegue al brutto, il bene al male, l'amore all'odio... Non è giusto credere solo al precipizio, lo dico da quest'isola dove, lo vedi, si può solo cadere. Eppure... Eppure il tempo è una catena che ti riporta su. Ho costruito lo scudo per Achille, ed è andato in frantumi. Achille è morto, le mie armi non gli sono servite a niente. Ma ora vive eterno sull'isola Bianca con Elena, e da lei ha avuto un figlio.
Al mio amico Prometeo ho fabbricato le catene, è stato imprigionato sul Caucaso e l'aquila gli ha divorato il fe-

gato ogni giorno. Ma ora dopo trentamila anni è libero. A volte mi viene a trovare, e ci parliamo come all'inizio, davanti al mare.
E Pandora, l'inganno dove ancora una volta sono caduto... Pandora ha scatenato i mali sulla Terra. Non dovevo costruirla, e Epimeteo non doveva sposarla. Ma hanno avuto una figlia, Pirra, che ha ripopolato il mondo: quando Zeus ha mandato il diluvio, ancora una volta per distruggere l'umanità, chi sono gli unici due che ha salvato? Pirra, e il suo sposo Deucalione. Lui ha gettato pietre dietro di sé, e sono nati uomini. Lei ha gettato pietre dietro di sé, e sono nate donne. E il mondo si è ripopolato. È andata cosí, grazie a Pandora che è sua madre, grazie a Pandora che ho plasmato io e che prima non c'era. Tutto c'è e poi non c'è piú, ma ci sarà ancora... E un giorno la Terra tornerà da Zeus e gli dirà: Liberami dagli uomini! E Zeus manderà altri diluvi e altre guerre. E tutto ricomincerà.
Quindi? Ho perso?
Per questo non finirò il mausoleo di mia madre: perché non c'è mai una fine.
Tu adesso sai. Vorrei chiederti di non dire niente a nessuno... Ma non so se sei ancora qui. Forse te ne sei andata. Il fuoco che ho davanti è sempre acceso. Siamo solo noi, io e il fuoco, come sempre?

Viene verso di me. Brancola, le mani avanti. Io sono sempre seduta, addossata alla parete. Mi alzo, vorrei andargli incontro, ma lascio che lo faccia lui. A pochi passi da me si ferma. Mi guarda. Sento il suo sguardo su di me, finalmente. Ricordo quando pensavo che non mi vedesse, che mi confondesse con le altre fanciulle d'oro. Perché ci aveva create tutte uguali? Ho sempre patito questo dolore di sentirmi indistinguibile. Ora finalmente mi vede.

O no?

Guardo i suoi occhi, finalmente li ho vicini. Sono infossati, opachi, coperti da un velo che sembra acqua, e rossi, come se il fuoco, a forza di fissarlo, gli fosse entrato nello sguardo e glielo avesse bruciato. Ora sono certa che non ci veda quasi piú. Troppo tempo nelle sue fucine. Lui è un dio, ma è il dio del fuoco, il suo corpo non poteva rimanere intatto come quello degli altri dèi. Un prezzo ha dovuto pagarlo.

E con quegli occhi che non mi vedono continua a parlarmi.

– Cancella i tuoi rimpianti, fanciulla d'oro. Ho sentito quel che hai detto quando me ne sono andato dall'Olimpo. Forse non erano parole, era solo un sussurro della tua mente, ma io l'ho sentito. Hai detto: Non fermarti è stato come lasciarti. È vero, allora non mi hai fermato. Mi hai guardato andarmene da solo e non mi hai fermato. Ma sappi che non mi hai mai lasciato.

Il mare qui si vede dall'alto, ed è lontano come le stelle. Non fa le onde, assomiglia al cielo.

Avrei voluto che mi parlasse delle stelle, come sa fare lui. Ma non gliel'ho chiesto.

La notte ci sta lasciando, adesso è solo un velo leggermente ombrato, piano piano se ne andrà.

– Quando viene Prometeo, ci sediamo qui sulla scogliera. Arriva, e mi si mette accanto. Oggi è venuto, all'improvviso, come sa fare lui. Oggi il mare corre. Ha quelle onde sbieche, che non si infrangono mai, vanno perpendicolo alla riva e si inseguono correndo. È bizzarro il mare che corre, vederlo dall'alto è uno spettacolo che sembra un gioco. È bizzarro anche che siano passati trentamila anni, e questo non è un gioco. Non sono pochi, trentamila anni sul Caucaso incatenato a farsi mangiare il fegato ogni giorno. Eppure è come se non fossero mai stati, se poco fa lui era qui. Gli ho chiesto:
«Allora, l'hai raggiunto?»
«Che cosa?»
«Il cielo».
Lui ha spostato lo sguardo ed è rimasto muto. Gliel'avevo chiesto tanto tempo fa seduti davanti al mare, il giorno

che mi parlava dell'età dell'oro, degli dèi e dei Titani e io non ne sapevo niente, non sapevo nemmeno chi ero. Gli avevo chiesto se potevamo raggiungere il cielo e mi aveva risposto di no, che c'è un limite. E poi aveva aggiunto: Mi piacerebbe dirti che ci ho provato.
Oggi invece non ha risposto niente, e io mi sono pentito della domanda. Certo che ha raggiunto il cielo: quando ha rubato il fuoco per regalarlo agli uomini. Lí aveva sfondato ogni limite, e a suo modo me l'aveva detto. In quel suo modo storto che gli piace tanto, aveva voluto dirmi che tutto si può raggiungere. Bisogna solo pagare un prezzo smisurato.

Non so dire se sei qui. A volte mi sembra di sí, m'inganna un'ombra sulle rocce, un bagliore che sembra piú dorato.

Ma so il tuo nome, l'ho sempre saputo. Tu mi parlavi, credevi che io non ti sentissi. Credevi che non ti distinguessi dalle altre e non ascoltassi le tue parole. Invece erano una carezza. Ho sentito, quando mi hai detto: Mi chiamo Fiamma.

Lo so che ti chiami Fiamma, e che sei quella che mi ama. L'unica. Ti ho fatta io cosí, diversa dalle altre fanciulle d'oro. Non volevo saperlo per non soffrire, ma lo sapevo. Come potevo ignorarlo? Sono il tuo creatore.

Hai voluto chiamarti cosí per amore. Hai fatto bene. Non potevi trovare un nome piú giusto. Fiamma… Vorrei che rimanessi con me, in quest'isola di solitudine.

Ma sparire è un'opzione che ti lascio, cosí come tu allora l'hai lasciata a me. Sparire fa parte dell'amore.

E non so se ci sei ancora, adesso, o te ne sei già andata. Il fuoco è rimasto acceso, disegna figure danzanti e lancia, di tanto in tanto, un getto di faville. E c'è quella fiamma… Una fiamma che si staglia sulle altre, si erge e fa movimenti strani, ha un sussulto che assomiglia a una specie di sorriso…

Fiamma, stai sorridendo?

Nota dell'autrice.

Vorrei ringraziare tutti gli scrittori che attraverso i loro libri mi hanno aiutato a raccontare questa storia. Ne nomino alcuni, in ordine sparso: Esiodo, Giulio Guidorizzi, Károly Kerényi Omero, Eschilo, Roberto Calasso, Giulia Sissa e Marcel Detienne, Piero Boitani, Robert Graves, Italo Calvino, Leon Garfield e Edward Blishen, Maurizio Bettini, Giorgio Ieranò, Jean-Pierre Vernant.

Poi ci sono libri, recenti e non attinenti al mito, che non pensavo mi servissero e invece, anche all'insaputa degli autori, hanno gettato qualche luce non irrilevante su quel che andavo scrivendo: *Prologo celeste. Nell'atelier di Anselm Kiefer* di Vincenzo Trione, *Lo studio d'artista. Una storia culturale* di James Hall e *Storie fantastiche di isole vere* di Ernesto Franco.

E poi c'è Anna Ferrari.

Ho usato a man bassa i libri e i dizionari che ha dedicato al mito. Ma ho un'altra fortuna: vive a Torino come me, ci siamo incontrate anni fa alla Biblioteca Nazionale, dove io andavo a scrivere e lei a studiare, e siamo diventate amiche. A lei mi sono rivolta, avevo bisogno che mi guidasse.

«Ho paura di sbagliare», le ho detto. Mi ha risposto: «Tranquilla, i miti non sono la verità, nessuna variante è piú vera dell'altra, quindi non puoi sbagliare mai».

Mi sono sentita tranquilla. E ho inventato quel che mi pareva. Questo non vuol dire che non abbia sbagliato. In un certo senso, inventare è sempre sbagliare.

E questo, di nuovo, ci rende tranquilli.

Indice

Einaudi usa carta certificata PEFC
che garantisce la gestione sostenibile delle risorse forestali

PEFC
PEFC/18-32-03
Certificato PEFC
Questo prodotto è realizzato con materia prima da foreste gestite in maniera sostenibile e da fonti controllate
www.pefc.it

Stampato su carta HOLMEN con fibra vergine
proveniente da foreste sostenibili
www.holmen.com/paper

Stampato per conto della Casa editrice Einaudi
presso ELCOGRAF S.p.A. - Stabilimento di Cles (Tn)
nel mese di ottobre 2024

C.L. 26560

Ristampa						Anno			
0	1	2	3	4	5	2024	2025	2026	2027